A BANHEIRA DE JANET LEIGH

Joel Rufino dos Santos

A BANHEIRA DE JANET LEIGH

Sentido, desejo, esquecimento

Rocco

EDITORA ROCCO LTDA.
Av. Presidente Wilson, 231 – 8º andar
20030-021 – Rio de Janeiro – RJ
Tel.: (21) 3525-2000 – Fax: (21) 3525-2001
rocco@rocco.com.br
www.rocco.com.br

Printed in Brazil/Impresso no Brasil

preparação de originais
FELIPE ANTUNES DE OLIVEIRA

CIP-Brasil. Catalogação na fonte.
Sindicato Nacional dos Editores de Livros, RJ.

S233b Santos, Joel Rufino dos, 1941-
A banheira de Janet Leigh / Joel Rufino dos Santos.
– Rio de Janeiro: Rocco, 2009.

ISBN 978-85-325-2461-4

1. Brasil – Civilização. I. Título.

09-2690 CDD-869.98
CDU-821.134.3(81)-8

Para Paulo Becker

SUMÁRIO

Este livro

Os seis capítulos deste livro, escritos entre 2006 e 2008, podem ser lidos separadamente. São balões de ensaio, tanto no sentido de pequeno balão que se solta antes do grande, para saber a direção dos ventos, quanto no de experiência para testar uma hipótese. Poderíamos tomá-los, também, como balões de São João, proibidos por lei: sabemos de onde sobem, mas não onde vão cair. São atravessados por certas metáforas (e quem diz metáfora diz poesia): desejo sobrante, singularidades exigentes, processos culturais autônomos, geena...

I

A PORTA CONDENADA

"Não quero nem lhe contar o que penso da história.
Tornou-se uma obsessão."
"Uma obsessão. Quer dizer que você está escrevendo a respeito?"

Elizabeth Costelo (J. M. Coetze)

Novo ritual atlético

Em 30 de janeiro de 1957, sexta-feira, um programa da TV Tupi/Rio, habitualmente desanimado, *Bar de Brotos,* foi sacudido por uma exibição de *rock'n'roll. O Globo* registrou a animosidade "instintiva" por parte dos maiores de trinta anos. Quem gostaria de ver um filho ou filha "saracoteando sem inibições, deixando fermentar livremente no corpo o contágio irresistível do ritmo"? O novo "ritual atlético" integrava um pacote: *blue jeans,* suéter, topete, mocassins, chiclete e Coca-cola.

Em 1959 começaria a reinar Celly Campelo, no Brasil; em 1962, Rita Pavone, na Itália.[1] Em 1968, ao passar a sentença "é pecado ser jovem no Brasil", Nelson Rodrigues, ou mesmo qualquer escritor, não podia ter a dimensão do que ocorria: o nascimento da juventude como categoria social, relativamente autônoma. Desde o Renascimento, ela vinha sendo recortada do todo social, primeiro como faixa etária, depois como ator político, sob maior ou menor controle dos adultos, mas, agora, se tornava categoria espaçosa, colonizando outras faixas etárias até se tornar um ideal de todas as idades.

Hoje, quando se fala "seja moderno", "Belo Horizonte é uma cidade moderna" etc., se está dizendo o quê? Moderno é o que é jovem, um estado de espírito gerado *naturalmente* pela liberação da mulher, pelo recuo mundial do patriarcalismo – inclusive a pro-

---

[1] "Estúpido cupido", o maior sucesso de Celly, é de 1959.

moção deliberada da igualdade entre homens e mulheres na "cortina de ferro" – pela minissaia, pela revolução cubana etc. A síndrome juvenialista nos lançou, como a tomada de Constantinopla, em outra era – daqui por diante a fórmula substituirá a forma. Um dos sentidos principais do século XX – da Grande Guerra, digamos, ao fim da URSS – foi a velocidade. Não a velocidade abstrata, a da física ou a da Fórmula 1, mas a da mercadoria (comprar e vender cada vez mais rápido), o que deve ter levado o homem a só se sentir feliz em velocidade. Tudo o que antes precisava de tempo, agora não precisa. Tempo real é um dos sintomas de nosso tempo. Da velocidade e do rock não podemos nos arrepender, mesmo quem não ame uma coisa ou outra.

A aceleração do tempo social (da produção e circulação de objetos) levou, no plano da civilização, à juvenilização do mundo. No plano político brasileiro – o da luta pela renda, não o dos comentaristas midiáticos, para quem notícias não têm fundo – levou à impossibilidade de concluir a nação nos termos das gerações anteriores. Esses dois fatores, combinados a outros (a cultura de massas como *buraco negro*, na definição de Baudrillard, por exemplo), é que nos dão a sensação de que aqui *nada dá certo*, como o ensino, por exemplo, mergulhado em apagada e vil tristeza.

Ondas

Grandes ondas de modernização nos atingiram em quinhentos anos de existência: as grandes navegações; a "revolução atlântica", que impulsionou as independências sul-americanas; a segunda revolução industrial ou expansão imperialista; a globalização atual. O pecado de não ser jovem tem raiz nesta última.

Em algum ponto do sistema, fora ou dentro do Brasil, algum fato (uma nova técnica, uma nova ideia, um deslocamento de população, um ato político etc.) caiu como pedra no lago, produzindo ondas concêntricas que, mais cedo ou mais tarde, chegaram a todos os cantos. Se pode discutir até o infinito que ponto foi este, qual a natureza da pedra, se econômica, se política, se tecnológica etc., mas o que chamamos modernização brasileira não passa, numa palavra, de ajuste periódico da posição relativa do país em relação ao primeiro mundo e de seus grupos sociais entre si. As interações de movimento e inércia que cada ajuste promove permanecem como vestígios do sentido anterior na pele do sentido novo, dialética do que já fez sentido (visto de hoje) e do que não fez na ocasião.

Por exemplo, o fato principal da história[2] brasileira, o seu sentido, entre 1930 e 1960, foi a urbanização. No início do período, 70% de brasileiros viviam no campo, no final, quase na mesma proporção, viviam na cidade. Seus deslocamentos internos foram, também, notáveis. Muitos nortistas e nordestinos se deslocaram para o Sudeste, muitos trocaram, em toda a parte, seus estados e cidades natais por espaços baldios próximos, enquanto eram ocupados o norte do Paraná, o sul da Bahia, a Amazônia etc. Boa parte eram migrantes de uma cidade a outra – muitas não passavam de umas poucas ruas e alguns largos. Houve também, nesse quadro formidável de mudanças, cidades que trocaram de função (de entreposto econômico, por exemplo, a estação turística) e as que se fantasmizaram para sempre. A literatura – um Saint-Hilaire, das viagens pelo Sul e Sudeste, um Taunay, de *Inocência*, um Franklin Távora, de *Um casamento no arrabalde* – mais que registrou, o que seria pouco, o espetáculo. O avanço e o atraso, o aumento e a diminuição, a glória e a ruína da inversão demográfica só aparecem unitariamente (como fato social total) na ficção. Em Marques Rebelo, Josué Montello, Adonias Filho, Carolina Maria de Jesus, Lobato, Amado, Amando Fontes, Dionélio Machado, Alcântara Machado e alguns outros se veem os dois lados da moeda – a cidade que se impõe, o campo que se amesquinha. Se vê, igualmente, numa meia-ficção trágica: *O turista aprendiz*, de Mário de Andrade.

---

[2] História ou história? Não faz diferença. Para as proposições que faço aqui, história é igual a História.

Trágica porque nessa viagem – financiada, aliás, de corpo presente, pela "rainha do café"[3] – é o próprio viajante que goza o mundo que vê morrer.

A SEGUNDA REVOLUÇÃO INDUSTRIAL levou de roldão o trabalho escravo brasileiro, já velho de 350 anos – nada mais velho e tradicional que ele, aliás. Contudo, a metáfora de onda pode ser enganosa: o país nunca esteve inerte diante do sistema internacional a que pertencia. No caso das ideias estéticas, por exemplo, o que então chegou de fora (do país, mas não do sistema) acabava funcionando como *trompe l'oeil*, o artifício que visa a simular um real (o externo) para esconder outro real (o interno). O *trompe l'oeil*, também chamado, com menos propriedade, "ideias fora de lugar", é ativo, dialético.

O ajuste (ou acomodação) de 1850-1900 foi feito, em primeiro lugar, pela velha aristocracia rural. Ela perdeu a unidade antiga, se dividindo em dois pedaços: a que saiu da escravidão *por cima* (a lavoura capitalista do Sudeste) e a que saiu *por baixo* (a lavoura pré-capitalista do Norte/Nordeste). Logo, se estará falando em "disparidades regionais": Norte/Nordeste com baixo nível de renda, Sudeste com alto, Centro-Oeste e Sul com níveis médios, o primeiro mais perto do Norte/Nordeste, o segundo mais perto do Sudeste. Também a classe trabalhadora, ainda composta basicamente de escravos, se *acomodou* àquela modernização – em termos muito genéricos, negros passaram de *bons escravos* (nascidos para o trabalho) a *maus cidadãos* (incapazes de civilização).[4] A Abolição (não a Lei Áurea em si) foi o *ponto de mutação* que fundou a ideia *moderna* de Brasil até pelo menos o fim da Grande Guerra (1918).

É nesse momento de ajustamento, ou reação, ou acomodação, que as elites projetam a nação que, mal ou bem, teremos adiante –

---

[3] Olívia Guedes Penteado.

[4] MOURA, Clóvis. *O negro. De bom escravo a mau cidadão?* Rio de Janeiro, Conquista, 1977.

ou quase teremos. Fatos mencionados pela história didática, deformados por sua conhecida superficialidade, semelhante à dos analistas políticos de televisão, se sucederam (Revolução Praieira, crescimentos oportunísticos do algodão, fim do tráfico de escravos, guerra contra o Paraguai, "marcha do café" no Sudeste, ascensão e queda do barão de Mauá, campanha abolicionista, proclamação da República, Canudos, Grande Guerra etc.), mas se queremos que *façam sentido* é categorizando-os como o tempo da *invenção onanística* da nação, isto é, um corpo que se fantasia possuir.

Depois de 1930, os acontecimentos brasileiros passarão a ter, por hipótese, outro *sentido*: a construção da nação pelo Estado nacional, geralmente chamada de revolução brasileira. A crise brasileira dos anos 1960 será o rompimento da cadeia de idealizações que a revolução criou – um país se redefine sem cessar – abrindo um novo sentido, aquele que, mal ou bem, constituiu o fundo de nossos atos e sentimentos no final do século XX.

No plano econômico *mundial*, desde que o Brasil existe, tais sentidos corresponderiam, sucessivamente, à eclosão de um mercado capitalista moderno, 1808-1860; formação e expansão do capitalismo competitivo, 1860-1950; irrupção do capitalismo monopolista, 1950 em diante. Em todo caso, o que demarca as fases históricas são os sentidos, sem os quais fatos são aglomerados caóticos.

Contraondas[5]

ONDAS DE MODERNIZAÇÃO, como a que liquidou o trabalho escravo e originou a ideia moderna de Brasil, tiveram sempre contraondas. Lima Barreto tinha sete anos quando a princesa assinou a Lei Áu-

[5] Seu similar é o que, no esforço para enfrentar a onda (*fléau*) neoliberal atual (2008), Pierre Bourdieu chama contrafogos. *Contre-feux-Propos pour servir à la résistance contre l'invasion néo-liberal*, Paris, Líber-raisons d'Agir, 1998.

rea (o pai o levou para ver de longe a Redentora na sacada do Paço), e morreu aos 42, quando se inauguraram o rádio, o Partido Comunista e a Semana de Arte Moderna (1922). Barreto não se iludiu sobre a natureza daquele progresso (um dos nomes de modernização), via no 15 de Novembro uma "rematada tolice", simples gangorra partidária, embora no Partido Conservador se concentrassem, majoritariamente, "escravocratas de quatro costados". Seu livro de estreia, *Recordações do escrivão Isaías Caminha*, capta, na redação do nosso primeiro jornal moderno, o truque do príncipe Fabrizio: mudar para não mudar.[6] Contraondas nem sempre são progressistas. Crítico premonitório da via prussiana, cuja primeira manifestação foi o florianismo, Barreto também se opôs à difusão do futebol que acabaria por civilizar o país, lhe dando o primeiro imaginário nacional. Em outros registros, foram, igualmente, contraondas a fundação da umbanda[7] e o tenentismo, de que Vargas usou e abusou, como o foram a imprensa negra, na República Velha, e a Frente Negra Brasileira (1931-35), menos conhecidas.

O sentido seguinte (construção da nação pelo Estado) deixou como "resto" os estudos sobre "cultura brasileira", "identidade nacional" etc. Visavam, de alguma forma, a criar consentimento ao poder do Estado capitalista periférico (como foi o Estado Novo), não porque Freyre, Sérgio Buarque, Dante Moreira Leite e outros encarassem sua produção intelectual como tarefa política; é que a agenda intelectual, naquela fase, se elaborava no bojo de uma revolução, episódio da ascensão burguês-industrial ao controle do Estado, finalmente alcançado com Vargas.

---

[6] Fabrizio Corbera, príncipe de Salina, personagem de *O leopardo*, de Lampedusa.

[7] Diz um personagem do filme de Eduardo Coutinho, *Santo forte*, Dejair: "É tudo África, mas a umbanda é o curso primário; o candomblé angola (que é impuro, que tem caboclo e índio) é o curso secundário; e a faculdade são os mais cultos, da nação ketu, Mãe Menininha, essas coisas."

O sentido

MAS O QUE É SENTIDO HISTÓRICO? Na visão idealista, uma "necessidade transcendental", fator subjetivo que acaba por se inserir no mundo objetivo, se tornando, dialeticamente, imanente. Na visão dialética, é outra coisa, como explicou um historiador de ofício:

> *Todo povo tem na sua evolução, vista à distância, um certo "sentido". Este se percebe não nos pormenores de sua história, mas no conjunto dos fatos e acontecimentos essenciais que a constituem num largo período de tempo. Quem observa aquele conjunto, desbastando-o do cipoal de incidentes que o acompanham sempre e o fazem muitas vezes confuso e incompreensível, não deixará de perceber que ele se forma de uma linha mestra e ininterrupta de acontecimentos que se sucedem em ordem rigorosa, e dirigida sempre numa determinada orientação. É isto que se deve, antes de mais nada, procurar quando se aborda a análise da história de um povo, seja aliás qual for o momento ou o aspecto dela que interessa, porque todos os momentos e aspectos não são senão partes, por si só incompletas, de um todo que deve ser sempre o objetivo último do historiador, por mais particularista que seja. Tal indagação é tanto mais importante e essencial que é por ela que se define, tanto no tempo como no espaço, a individualidade da parcela de humanidade que interessa ao pesquisador: povo, país, nação, sociedade, seja qual for a designação apropriada no caso. É somente aí que ele encontrará aquela unidade que lhe permite destacar uma tal parcela humana para estudá-la à parte.*[8]

No futuro, estudando o que hoje parece caótico, sem ligação entre si – guerras, competições esportivas, desastres ecológicos, epidemias, descobertas médicas, esoterismos, feitos científicos, cri-

---

[8] JÚNIOR, Caio Prado. *Formação do Brasil contemporâneo*, São Paulo, Brasiliense, 6ª edição, 1961, p. 13.

mes miúdos e crimes enormes, ideias sensatas e proposições extravagantes etc. –, historiadores encontrarão o seu *sentido* (ou *sentidos*). "Idade Média" é um *sentido* que os fatos tomaram na Europa ocidental mais ou menos entre 400 e 1200; da mesma forma, "pós-modernidade" é o sentido que fatos da nossa civilização tomaram com o declínio da modernidade – e que ainda não sabemos bem qual seja, embora cada incidente do cipoal a que alude Caio Prado possa ser descrito com facilidade. O sentido da história é indicado por algo que se reduplica em diversos setores sociais, de formas diferentes e, ao mesmo tempo, correspondentes: um conteúdo sob várias formas.

Conta Carlos Fuentes que, no colégio, costumavam montar uma peça espanhola grotescamente famosa em que um cavaleiro de armadura desembainha a espada e exclama para sua família atônita: "Vou partir para a Guerra dos Trinta Anos!" Os alunos mais perspicazes riam. Toda história é contemporânea: só podemos saber o *sentido da história* depois que passou. Todo passado é uma visão do presente; e, portanto, todo presente, do futuro. Falamos em era *pós-moderna* (nome, aliás, sem consenso) porque *sentimos* a modernidade passar. O mais interessante no episódio de Fuentes não é o ridículo do professor, mas a verdade contida no ridículo: sentido é algo que os próprios contemporâneos não podem ver.

A queixa de Anchieta

NA PÓS-MODERNIDADE, ressurgiu uma velha ideia: a história, seja na visão idealista, seja na dialética, não tem sentido. A proposição é sustentável, pelo menos, em quatro hipóteses:

1) *sentido* é uma configuração da racionalidade com que costumamos olhar o passado (tanto o pessoal quanto o coletivo), uma ideia, uma abstração, uma expressão de desejo – não uma realidade *objetiva*;

2) há muitos sentidos (conjuntos de fatos ordenados em sequência causal) e, seja qual for o escolhido, terá o mesmo valor dos outros;

3) conhecer o sentido da história é inútil, já que, sendo uma construção intelectual, posterior aos fatos, pode eventualmente explicá-los, mas nada pode dizer (e aconselhar) sobre o futuro;

4) sentidos são o mesmo que *grandes narrativas*, reprovadas pelo que "realmente aconteceu na história".

A "falta de sentido de tudo" (do mundo, da existência, da história) é um produto primário do nosso tempo: a falta de sentido é um dos seus sentidos. Não é, como parece, o retorno do existencialismo clássico (o homem é a sua circunstância), nem do de Aimé Césaire, por exemplo (o absurdo da existência nos obriga à solidariedade com os outros mortais), ou do de Heidegger (tudo é o ser, nós somos o ente), do de Bataille, do de Camus, do de Kierkegaard e tantos outros. É uma tautologia publicitária: verdade é aquilo de que você convenceu o outro de que é verdade, sendo esta, portanto, compensada, com vantagem, pela ética individualizada hedonista (que só negocia com o prazer). O valor de troca desse dispositivo de convencimento (a retórica publicitária) é dado pela falta de sentido de tudo e de qualquer coisa, é a sua mercadoria. A publicidade não visa vender uma mercadoria em particular, mas a garantir a adesão dos consumidores ao sistema em que nada faz sentido – a não ser a compra de mercadorias. Como aos escolásticos e aos talmudistas, pouco lhe importará a realidade das suas afirmações.[9]

A aceitação (não se trata de comprovação, como nas ciências exatas) de qualquer das quatro hipóteses acima abole a História, apesar de ninguém (sociedade ou pessoa) escapar da pergunta pelas origens. Historiador é o que nos explica (com mais ou menos competência) como *isto* começou – qualquer coisa – e que sentido *isto* tem quando esticado no tempo social (duração). Por exemplo, como

[9] Um dos principais publicitários brasileiros, saindo de um sequestro, se confessou, absurdamente, socialista (sic).

começou a nação brasileira, e como acabou?[10] Neste, como em outros casos, suas respostas, mais ou menos convincentes (por exemplo: *a nação é um desejo de evolução histórica das elites*), se aproximarão da literatura. Liberto, cada vez mais, da noção de causa e efeito (a não ser como recurso didático), o estilo preferencial do historiador atual – diferente, por exemplo, do filósofo, já que o pensamento não pode ser explicado, só pensado – será a narração. Não é casual a moda editorial das biografias (2009).

A pretensão científica nunca fez bem à História. Não falo das suas disciplinas auxiliares – paleografia, arqueologia, estatística, linguística, epidemiologia, demografia, imunologia etc., de cientificidade evidente. A historiografia deu um passo adiante ao descobrir, na metade do século XIX, que toda história é contemporânea: a árvore se conhece pela semente, mas também o contrário; o que vem depois se explica pelo que veio antes, mas o que veio antes também se explica pelo que virá depois. Disciplina dialética do tempo, não do passado, a História pode se permitir, em consequência, incorporar o par esquecimento/alegria. Alegria não como fase arcaica da *evolução cultural*, em que o primitivo, o selvagem, o nativo seriam a criança do civilizado. Alegria como antônimo de história. "Não cabia em si de alegria": nesta frase comum, o coletivo é o sujeito do individual contente, a ele não falta nada, pois foi recuperada, por um momento, a unidade perdida do ser humano.

Quanto ao esquecimento é, de fato, uma falta, mas não a falta de lembrança. Anchieta se queixava de bastar uma missa, uma procissão, às vezes, uma imagem para os selvagens se converterem: prova de que não se convertiam nunca. Esse *tutto e súbito*, essa hospedagem imediata do outro, é o charme do índio, maleabilidade infinita em que mesmo trabalhos e dores são ritual e espetáculo – *cultura da festa* não como momento excepcional, prática excedente, mas como disposição contínua a viver a vida do outro. Alegria

---

[10] *Acabou*, aí, não no sentido vernáculo de terminar, deixar de existir, mas no que deu, como se transformou a ponto de parecer outra coisa.

quase nunca expressa em separado, por blocos (como na modernidade), mas unitariamente em atos da vida social, *inocência do bom selvagem* que foge à memória e à razão argumentativa. O contraste entre os índios e Colombo ao se conhecerem em Guanaani (San Salvador, 1492), é que o genovês só podia vê-los como índios, quer dizer, como modalidade do mesmo: são índios porque habitam as Índias.[11] O homem que descobriu a América, inaugurando a modernidade, era um medieval. Já os índios podiam vê-lo como qualquer coisa: não *cabiam em si* de alegria.

A festa não pode, ao que parece, virar história, pois se esgota em ato. As classificações (tal fato é história, tal não é; tal ato é de consciência, tal não é) são meras configurações, descobriu, lá atrás, o velho Franz Boas (1858-1942): não se devem impor aos primitivos a lógica e as categorias de pensamento do pesquisador; os processos simbólicos, afinal, importam mais que essas categorias. Para o viajante ou o etnógrafo, o visível sempre aparece complicado – se for ingênuo o substituirá pelo invisível simples, tanto que o vocabulário da antropologia ficou repleto de nadas sonoros: tribo, sincretismo, sociedade secreta, atavismo, ancestralidade etc. Livros de viajantes – um Hans Staden, um Saint-Hilaire, um Ewbank – são crônicas da atração-repulsão pelo outro.

Atração fatal como a do refugiado do nazismo Stefan Zweig, que se matou mais a mulher, em Petrópolis, no carnaval de 1942. Um ano antes, Sweig *pagara* o visto permanente no Brasil com um *midcult* de encomenda (mas não chato), *Brasil, um país do futuro* – "Quem vive neste país escuta o farfalhar vigoroso das asas do futuro".[12] Mergulhado em culpa (os amigos não ganharam o documento), deprimido pelo ataque a Pearl Harbour e a invasão de

---

[11] Já se especulou se *índios* não seria corruptela de *iudeus* (judeus). Ver sobre Colombo, TODOROV, Tzvetan, *A conquista da América, a questão do outro*, São Paulo, Martins Fontes, 1983.

[12] SWEIG, Stefan, Porto Alegre, L&PM, 2006, p. 124. O livro não é um folhetão turístico, como fizeram crer os inimigos do Estado Novo; mas não parece também, como quer a apresentação dessa edição, "um projeto de civilização acoplado a um plano de desenvolvimento econômico sustentável".

Cingapura, se sentiu incapaz de conciliar os sentimentos excludentes de história e natureza, de compor um campo mental com duas negatividades – a razão iluminista, que trazia consigo, e a alegria que viu aqui. A angústia de Zweig deixou uma sobra que indica mais sobre o Estado Novo que muitos livros de História.

Árvores de Santa Teresa

UMA PRECIOSIDADE DO MUSEU DO HOMEM, em Paris, é um manto tupinambá de penas de papagaio, vermelhas e azuis, levado do Maranhão no século XVII, talvez, pelo capuchinho Ives d'Évreux; há outros na Dinamarca, Itália e Suíça. Pilhagem colonial, tal como os templos gregos remontados no Museu Britânico, o manto trocou de gênero. Enquanto foi símbolo de riqueza sacerdotal, era matrimônio – enlaçado, na calada da noite, casava e recasava sem cessar, com entes de caça, de culto, de guerra, de parentesco etc. Convertido em peça de museu, virou patrimônio, impondo-se, sob a luz fria de spots, em vitrines, gôndolas e estantes, a outros elementos museológicos, mortos por catalogação. Na grande festa do Descobrimento (2000), supostos descendentes de tupinambás reivindicaram sua devolução,[13] acreditando, talvez, restituí-lo à vida pela memória (o "resgate histórico" dos discursos bem-intencionados e ingênuos). Seria em vão: jamais voltará, como o templo de Corinto, a ser matrimônio, os seus cônjuges reais e potenciais estão mortos.

Memória, que é feminino, alimenta patrimônio, que é masculino; já esquecimento, que é masculino, alimentaria matrimônio, que é também masculino mas, na acepção de casamento, se alimenta da troca. Matrimônio é o que insiste em retornar ao que era antes de se patrimonializar. Matrimônio é o processo cultural, patrimônio o seu congelamento. Se o manto tupinambá está morto

[13] Parece que se planejou mesmo a expropriação do manto por uma ação armada.

– de *morte natural para sempre*, como diziam as sentenças coloniais –, o esquecimento dos tupinambás está vivo. Ter "sangue brasileiro" é descender *mitocondrialmente*[14] das moças que portugueses e africanos conheceram aqui; os nomes brasileiros de lugares, em São Paulo, Rio e Maranhão são tupis. Ao dizer "Ipanema", algo esquecido ganha vida brevíssima, inconsistente.

O tema principal de *Triste fim de Policarpo Quaresma*, hoje se vê, é o desmascaramento da *via prussiana* (crença reiterada, desde a proclamação da República, no Exército como salvador da pátria): as frases cortantes do episódio final são contra o patriotismo que levara o major a estudar inutilidades. Desliza suavemente por elas a crítica à inutilidade de incorporar o passado indígena por meio da história do trabalho, da língua, da genética etc. Lembrança (conhecimento) dá somente a metade do sentimento de pátria – metade podre, porque nela os pobres são sempre derrotados. Na última cena, porém, Olga, afilhada do major, descobre um *lugar*, sob o local. Local é a determinação de coordenadas geodésicas sobre o mapa; lugar, a modificação do local pela trama da vida. Há um povoado tupinambá sob São Sebastião do Rio de Janeiro, um terreiro dentro da cidade, geena que a literatura faz brilhar:

> *Olhou o céu, as árvores de Santa Teresa, e se lembrou que, por estas terras, já tinham errado tribos selvagens, das quais um dos chefes se orgulhava de ter no sangue o sangue de dez mil inimigos.* [...] *Esperemos mais, pensou ela; e seguiu serenamente ao encontro de Ricardo Coração dos Outros.*[15]

---

[14] Mitocôndrias são organelas celulares usadas pelos geneticistas para examinar, através do DNA mitocondrial, as relações de parentesco entre os grandes grupos de seres humanos.

[15] BARRETO, Lima. *Triste fim de Policarpo Quaresma.* São Paulo: Brasiliense, 1956, p. 297. Também o homem cordial de Sérgio Buarque se esclarece melhor à luz desse desejo sobrante. Ver Mendes, Ângela e outros (org.). *De sertões, desertos e espaços incivilizados*, Rio de Janeiro, Faperj Mauad, 2001.

Jogadores de futebol recitam após uma derrota: "O que passou, passou. Vamos trabalhar muito esta semana para reverter." Prometem trabalho como o melhor do jogo, suprimindo sua alegria que, no entanto, é a originalidade desse jogo primal: o futebol se tece, na maior parte, com jogadas incompletas e frustras. Aqui, o trabalho esconde o jogo; o *resultado* da partida, os números do placar, são a lembrança redutora do jogo – assim como o conto escrito é a lembrança redutora da gesta.

Velho ditado popular: "Quem vive de passado é museu." A outra metade da história é o que se esqueceu, o que só volta como epifania ou iluminação. Água de peixe podre: Ipanema.[16] Árvores de Santa Teresa, tribos selvagens.

A sobra de Quaresma

O GENERAL ALBERNAZ e Quaresma foram ao subúrbio atrás de uma preta velha que sabia cantigas populares. Maria Rita, que fora escrava de uma grande casa, farta e rica, só lembrava de uma, *E vem tutu/Por detrás do murundu/Pra cume sinhozinho/Cum bucado de angu.* Decepção grande. Não sabia outra? "Não sinhô, já me esqueceu". O desejo de Albernaz era fazer bonito no casamento da filha, o de Maria Rita não se sabe, mas ela marca distância ao perguntar aos visitantes: "Pra que sô coroné qué sabê isso?" Felizmente, Cavalcanti, o noivo, conhecia um literato, teimoso cultivador de contos e canções populares, poeta doce e ingênuo, que se deixara esquecer *em* vida (Maria Rita se esquecera *da* vida), e agora se entretinha em publicar coleções que ninguém lia, de contos, canções, adágios e ditados populares. A sala em que foram recebidos, era ampla, mas estava tão cheia de mesas, estantes pejadas de livros, pastas, latas, que não se podia mover nela. Numa lata lia-se: "Santa Ana dos Tocos"; numa pasta: "São Bonifácio do Cabresto". Isto é o folclore: memória do esquecimento.

---

[16] Ou rio do pescador infeliz.

Também a casa de Maria Rita era memória:

> *A sala era pequena e de telha vã. Pelas paredes, velhos cromos de folhinhas, registros de santos, recortes de ilustrações de jornais baralhavam-se e subiam por eles cima até dois terços da altura. Ao lado de uma Nossa Senhora da Penha, um retrato de Vitor Emanuel com enormes bigodes em desordem; um cromo sentimental de folhinha – uma cabeça de mulher em posição de sonho – parecia olhar um São João Batista ao lado. No alto da porta que levava ao interior da casa uma lamparina, numa cantoneira, enchia de fuligem a Conceição de louça.*[17]

Um dia, tudo ficará pra trás na vida de Quaresma. Desde os 18 anos, o patriotismo o absorvera, por ele fizera a tolice de estudar inutilidades. Que lhe importavam os rios? Eram grandes? Pois que fossem. Em que lhe contribuiria para a felicidade saber o nome dos heróis do Brasil? Em nada. O importante é que tivesse sido feliz. Foi? Não. Lembrou-se das suas coisas de tupi, do folclore, das suas tentativas agrícolas... Restava disso tudo em sua alma uma satisfação? Nenhuma! Nenhuma!

O livro de Barreto é mais do que a crítica da via prussiana, é o drama de a lembrança da pátria (da história da pátria) ser igual ao esquecimento de si mesmo. Há ainda a iluminação de Ricardo: quando vai pedir a seu ex-comandante, Bustamante, pela vida de Quaresma, é expulso do quartel. Ele que sempre decantara nas suas modinhas a dedicação, o amor, as simpatias, via agora que tais sentimentos não existiam. Tinha marchado atrás de quimeras. Olhou o céu alto. Estava tranquilo e calmo. Olhou as árvores. As palmeiras cresciam com orgulho e titanicamente pretendiam atingir o céu. Olhou as casas, as igrejas, os palácios, lembrou das guerras, do sangue, das dores que tudo aquilo custara. Assim se fazia a vida, a história e o heroísmo: com violência sobre os outros, opressões e sofrimentos.

---

[17] BARRETO, Lima, idem, p. 49.

História quântica

EM *AS INTERMITÊNCIAS DA MORTE*, Saramago faz a morte, que é certa, experimentar ela própria a incerteza de sua certeza. Para um honesto professor de história, a memória histórica deve se transmitir de geração a geração, sem intermitência.

Quando os meios de comunicação (de transmissão da cultura) eram rarefeitos e de pouco alcance, não totalitários, ainda se poderia falar nessa transmissão contínua. Hoje, não. A transferência (e, portanto, a continuidade) da memória veio se reduzindo, paradoxalmente, desde a invenção do rádio e da televisão – e esse diagnóstico vale tanto para a memória geral (da civilização ocidental, das nações etc.), quanto para as setoriais (a memória do cinema, por exemplo: a média dos jovens instruídos de hoje não sabe que papel desempenharam Chaplin ou Visconti). Saturada, a memória de hoje parece limitada, se tanto, aos últimos cinco anos – o *presente contínuo*. Não quer dizer que a memória desapareceu, mas que (como a morte de Saramago) 1) se transmite de uma forma *estranha*; 2) inclui estruturalmente o esquecimento.

O *estranho* da memória histórica é que ela se comporta ao mesmo tempo como ondas e partículas de lembranças: ora se transmite linearmente, de uma geração a outra (ondas); ora salta uma ou várias (pacotes de partículas). Como uma coisa pode passar de sucessiva a simultânea e vice-versa, nem se transmitindo, univocamente, de forma contínua no tempo, como ondas de lembrança (uma empurrando a outra), nem, univocamente, como unidades mínimas que se movem da vida para um ponto cerebral que as registra, guarda e depois devolve? A memória histórica se transmite por continuidade ou por rupturas (caso em que, logicamente, não se transmitiria)? Nem uma coisa nem outra. Ela se transmite por pacotes (ou tijolos) constituídos de lembrança e esquecimento, isto é, por continuidade e ruptura ao mesmo tempo. Se transmite por saltos. Outro nome desses pacotes é sedução, no sentido que lhes deram Muniz Sodré e Baudrillard: aquilo que desloca o sentido do discurso e o desvia de sua verdade.[18]

Esta é a estranheza que um honesto professor de História sequer pode admitir: deletaria a sua disciplina.

A física quântica – que se ocupa da transmissão da energia por pacotes (quanta) considerando-a, ao mesmo tempo, como partículas e ondas em movimento contínuo – pareceu insólita até mesmo aos seus descobridores (Einstein só aceitava a indeterminação quântica como matemática). É a sua paradoxal natureza. Por analogia, as partículas subatômicas seriam a matéria do fato histórico, mundo micro em que vigoram outras leis de agregação e propagação.

Entre as poucas questões comuns às diversas formas de conhecimento, está a da realidade objetiva: o problema do físico Niehls Born é o mesmo do historiador Henri Pirenne, das máscaras sioux, dos iniciados em candomblé, e assim por diante. Einstein perseguiu uma teoria do campo unificado[19] que demonstrasse, enfim, serem as leis repousantes da física clássica e as estranhas da quântica manifestações distintas da mesma lei única.[20] Enquanto ela não vem (se é que virá), analogizar e metaforizar os fatos dos dois mundos é um exercício poético, no sentido de seduzir palavras, desviá-las da direção que originalmente tinham.

Nos processos culturais autônomos que brotam, sem cessar, da dinâmica cultural sem depender do mercado e do Estado, o que se

---

[18] SODRÉ, Muniz. *A verdade seduzida*, Rio de Janeiro, Francisco Alves, 2ª ed., 1988.; BAUDRILLARD, Jean. *Da sedução*, Campinas, Papirus, 1991.

[19] A teoria do campo unificado que Einstein procurou obsessivamente no fim da vida juntaria eletricidade, magnetismo, gravidade e física quântica. Esta última era a espinha na garganta.

[20] Niehls Born na Conferência de Solvay (1927): "Não fazia sentido falar de uma 'realidade' que fosse independente de nossas observações e medições. Dependendo do tipo de experimento escolhido, a luz podia ser feita de ondas ou partículas." ISAACSON, Walter. *Einstein, sua vida, seu universo*, São Paulo, Companhia das Letras, 2007, p. 357.

transmite são pacotes de lembrança/esquecimento. A gíria, por exemplo, que é memória da fala e, ao mesmo tempo, esquecimento da fala costumeira, é um processo cultural autônomo. *Um gíria*, se dizia na Colônia dos sujeitos itinerantes que conheciam dialetos indígenas. Língua exclusiva daqueles que exerciam a mesma arte ou ocupação, servia também de camuflagem aos de fora.

Desejo sobrante

A SUDESTE DA JERUSALÉM primitiva se estendia uma ravina baixa, inicialmente local de sacrifícios humanos a Moloque. Com o tempo, se transformou em depósito de lixo – geena, em grego. Malcheirosa, desprendia sem cessar línguas de fogo e fumaça. À noite, vinham de lá gemidos, xingamentos, pedidos de redenção. Toda cidade tinha a sua geena, quando se tornava maior que o povoado ele mudava. As cidades cristãs, não: sublimaram a sua geena em Hades (Inferno), lugar ao mesmo tempo real e imaginário, histórico e mítico.

O que chamamos História do Brasil é uma cidadela nítida e higienizada que esconde de si própria o seu monturo: os fracassos de cada geração que se foram acumulando a certa distância. Dali se desprendem miasmas, se avista um fogo baixo e teimoso, mal encoberto. Quando o Tiradentes, Herói da Independência, foi acuado pela polícia (de que seria patrono depois), vendeu um escravo para fazer caixa; Nina Rodrigues defendeu do código penal, na Salvador do fim do século XIX, uma negra, de cuja inferioridade racial estava certo, por ter punido um filho ladrão mergulhando suas mãos em azeite fervente; João do Rio, após a proclamação da República, constata, numa enquete, que a maioria dos negros da Detenção é monarquista; em Canudos, um líder de massas fundou uma cidade comunista em nome de São Sebastião; o mais considerado poeta negro, Cruz e Sousa, se devotou à branquitude; o barroco foi sequestrado da literatura nacional brasileira porque não faz sentido na série que tem este nome.[21] A lista das interpelações incontornáveis, singularidades exigentes que exigem consideração, sob pena de desmoralizar o conjunto, não tem fim. De lá emanam gases e fedor sobre a cidade.

Lacan procurou ajustar e trazer a noção de desejo ao primeiro plano da teoria analítica, distinguindo-a de necessidade e de exigência. O desejo nasceria do afastamento entre as duas, sendo irredutível à necessidade por não ser, fundamentalmente, relação com um objeto real, independente do indivíduo, mas com o seu fantasma (fantasia); e irredutível à exigência na medida em que procura se impor sem levar em conta a linguagem nem o inconsciente do outro, exigindo ser reconhecido em absoluto por ele. Desejo, aqui, não vai em direção ao prazer, como no senso comum, mas de um impossível, um buraco que nada preenche. Não que a psicanálise, o estruturalismo ou qualquer outra proposição seja a última verdade sobre o homem. O sujeito da verdade (por contraponto a verdade do sujeito) é nada se destacado da história das relações que derivam da interação entre o homem e a natureza, entre o homem e os grupos de homens e, já agora, entre esses grupos de homens, a ciência, a tecnologia, a máquina. A psicanálise e a linguística pouco dizem de interessante quando desligadas das outras ciências sociais,[22] mas dizem alguma coisa em colaboração com elas – como parece demonstrar a metáfora *desejo sobrante.*

Desejo sobrante seria uma potencialização de tudo o que se acumulou como resto ou borra, ou geena, ao longo da história brasileira. Do resto não se pode fazer nada, da sobra se faz alguma coisa, um cozido,[23] uma casa, um adorno, um monstro, uma ale-

---

[21] Ver de Haroldo de Campos *O sequestro do barroco na formação da literatura brasileira*, Salvador, Fundação Casa de Jorge Amado, 1989.

[22] Exemplos de interdisciplinaridade são a crítica a Goethe e a análise da religião monoteísta feitas por Freud. Uma questão em que evito entrar aqui é a existência de uma estrutura sob a literatura, a história social e aquilo que na área psi é chamado "constituição do sujeito". Sobre sentidos de metáfora, modelo, analogia, axioma e afins, ver REGO, Cláudia de Moraes. *Traço, letra, escrita em Freud, Derrida, Lacan*, Rio de Janeiro: 7 Letras, 2006.

[23] A feijoada brasileira parece ter sido um sucedâneo do cozido ibérico. O africano separava a comida.

goria, um bricabraque. O valor de conhecimento da arte e literatura ibero-americanas vem justamente de expressarem aquilo que a cruel interação econômico-social não permitiu que se realizasse e que se classifica como secundário, quando é fundamental: os sonhos vagos de felicidade, os balbucios de êxtase, as frustrações doloridas e prolongadas dos que nada têm e, no entanto, criam sem cessar riqueza material e beleza, bem como, no outro polo, as depressões dos que são amos em país de escravos. Não por acaso, o maravilhoso aqui sempre acompanhou o histórico, como se vê em Carpentier, Rulfo, Cortazar, João Ubaldo, Murilo Rubião, e tantos outros.

Desejo sobrante é uma simples metáfora – chispa poética, cintilação, mais ou menos feliz, como a de Baudrillard para designar massa: buraco negro – ou uma analogia? Toda ideia é uma metáfora, mas no sentido estrito, de troca de designação entre objetos semelhantes, desejo sobrante insinua a parte dos acontecimentos sociais que não se realiza nunca, o que sobra da história discursiva e, por sua natureza, não pode se mostrar, salvo por fendas no discurso, o que está em silêncio ou esquecido. Desejo sobrante é a matéria escura que preenche o universo histórico em proporção muito maior do que a matéria visível captada pelo sentido que a organiza no cérebro como consciência, na língua como discurso e, no senso comum, nas salas de aula, nas exposições de museu, nas falas de políticos, como História do Brasil.

A porta condenada

VINDO A MONTEVIDÉU por um contrato com fabricantes de mosaicos, o sr. Petrone se hospeda no hotel Cervantes, sombrio, tranquilo, quase deserto. Lhe deram um quarto ao lado do de uma senhora sozinha. À noite, já deitado, reparou numa porta que lhe escapara na primeira inspeção do quarto. Sobressaía do nível do armário que a escondia. Petrone imaginou que do outro lado haveria também um armário e que a senhora hospedada lá pensaria o mesmo da porta que via. Daí a três ou quatro horas, foi despertado por sensação incômoda, como se algo já tivesse ocorrido, algo molesto e irritante. Acendeu o abajur, viu que eram duas e meia, apagou-o. Então ouviu no quarto ao lado o choro de uma criança. Mas não podia ser que lá houvesse uma criança, o gerente tinha dito claramente que a senhora vivia só, que passava quase todo o dia no seu emprego. Petrone imaginou um menino – um varão, não sabia por que – débil e enfermo, de cara consumida, movimentos apagados. *Isso* se queixava dentro da noite, chorando com pudor, sem chamar demasiado a atenção. Se não estivesse ali a porta condenada, o choro não teria vencido o obstáculo da parede, ninguém teria sabido que no quarto ao lado estava chorando uma criança. De manhã, ao reclamar ao gerente, ouviu: "Não há meninos pequenos neste andar. Do seu lado mora uma senhora sozinha, acho que já lhe disse." Na noite seguinte, Petrone pensou em vedar com suas duas malas a parte sobressalente da porta, por sobre o armário. Quase não levou a sério quando o choro da criança o trouxe de volta às três da madrugada. Chorava tão debilmente que por momentos não era escutado, ainda que Petrone sentisse que o choro estava ali, contínuo, e que não tardaria em crescer outra vez. Acendendo um cigarro, se perguntou se não deveria bater de leve na porta para a mulher fazer calar a criança. Pensou em velhas histórias de mulheres sem filhos, organizando em segredo um culto de bonecas, uma inventada maternidade. Empurrou o armário, deixou a descoberto a porta poeirenta e suja, se encostou nela e começou a imitar em falsete, imperceptivelmente, um lamento como o que vinha do outro lado. Subiu de tom, gemeu, soluçou. Do outro lado se fez um silêncio que haveria de durar a noite toda; mas no instante que o precedeu, Petrone pôde ouvir a mulher correndo pelo quarto com um chicotear de chinelos, dando um grito seco e instantâneo. De manhã, viu um baú e duas grandes malas perto do elevador. "De toda forma vai ficar mais tranquilo", disse o gerente, "a senhora vai nos deixar ao meio-dia." Não era ela, pensou Petrone, mas ele que devia ter deixado o hotel. Bom, paciência. Não passava de uma histérica e encontraria outro hotel onde cuidar de seu filho imaginário. Na última noite teve todo o silêncio que havia reclamado para dormir. Não conseguiu. Sentiu falta do choro do menino e quando, muito mais tarde, o ouviu fraco, mas inconfundível, através da porta condenada, por sobre o medo, por sobre a fuga em plena noite, soube que estava bem e que a mulher não tinha mentido, não se tinha mentido ao arrulhar o menino, ao querer que o menino se calasse para que eles pudessem dormir.

Nesse "La puerta condenada", de Cortazar, o texto prosaico, a linguagem trivial, exata, é armadilha pega-leitor. Se pensa até a última linha que pode ser uma coisa ou diversas outras.[24]

Todo discurso histórico é uma porta condenada. Deixa rastros, pegadas, indícios, vestígios, restos, choro débil de menino que recusa calar para o sr. Petrone dormir. Para considerá-los sujeitos de ação política, transformadora ou não, é preciso que apareçam como sobrantes, isto é, em vias de serem aproveitados de alguma forma no campo político. Sobrante por não pertencerem ao campo da história (e, portanto, da luta política), não satisfazerem à exigência (invadimos de novo o campo psicanalítico) que é da sua constituição. Não sendo uma irracionalidade (oposto lógico de raciona-lidade), o desejo sobrante não pode chegar à memória. Não pode ultrapassar a velha porta condenada. *De no estar alli la puerta condenada, el llanto no hubiera vencido las fuertes espaldas de la pared, nadie hubiera sabido que en la pieza de al lado estava llorando un niño.*

Crioulo doido

CONTA UMA VELHA PIADA que, ao receber o embaixador inglês para credenciamento, Stalin lhe apresentou o filho: "Conhece tudo da

---

[24] *Final de juego*, Buenos Aires, Alfaguara, 2006.

história de vosso país." Pediu ao rapaz que sintetizasse a história inglesa, da ocupação romana à Segunda Guerra. Admirado, o embaixador lhe perguntou: "O que acha de Cromwell?" O rapaz levantou as sobrancelhas: "Cromwell? Quem é Cromwell?"

O desprezo pelo fato individual, embora Lenin e Stalin fossem grandes individualidades, marcou o marxismo vulgar de tal jeito que muitos só acreditavam na realidade da história sistêmica. Plekanov ressaltou a importância do indivíduo – o grande indivíduo, não o pequeno –, mas sempre que se passava à história didática, à pedagogia de massa, ele desaparecia ou era ridicularizado. A história sem indivíduos, ou de indivíduos ridículos, foi em parte reação à galeria dos *vultos históricos* – como parece dizer o *samba do crioulo doido*, clássico musical do humorista Stanislaw Ponte Preta. O samba de Stanislaw diz, porém, outra coisa: a necessidade negro-popular de esquecer. A composição é, nesse sentido, expressão de preconceito iluminista (digamos). Por baixo do "crioulo doido", há um coletivo que nada mais é que o sujeito do individual. Salvo para um positivista empedernido, o crioulo doido não é caso de falta de instrução.[25]

Talvez a conhecida resistência colegial a aulas de história se deva, sub-repticiamente, à sensação que tem o jovem de estar sendo enganado. Se houve tantos heróis como diz a História, Cabral, Martim Afonso, Tiradentes, D. Pedro, Caxias..., como, então, o país é tão miserável e atrasado? No entanto, quando se relativiza o peso da história política, num país em que o mundo político é pequeno e distante, se poderia mostrar que mesmo ela não é infecunda – os políticos não foram tão ruins, o Congresso não é tão inútil, as constituições não foram tão imprestáveis etc. História do Brasil é o arquivamento do passado a partir das palavras-chaves pátria, na-

---

[25] A relação de Stanislaw com o seu crioulo doido é semelhante à relação entre o doutor ateu e a louca analisada por Catherine Clément/Sudhir Kakar, *A louca e o santo*, Rio de Janeiro, Relume-Dumará, 1997. "Madeleine [a louca] certamente delirou muito, mas não inteiramente [...] Por não aceitar o 'universo de efusões simbólicas' oferecido pelo inspirado – quer dizer o xamã – à coletividade que o cerca, Janet [o doutor ateu] não está à altura de ver claro", p. 80.

ção, glória, liberdade, nadas sonoros que trancam a vida e suas manifestações.

Graciliano Ramos contava que, como diretor da Instrução Pública de Alagoas, cortara o hino do começo das aulas: "Ficava a estupidez: 'Ouviram do Ipiranga as margens plácidas'. Para que meter semelhante burrice na cabeça das crianças, Deus do céu? Realmente eu havia sido ali uma excrescência, uma excrescência agora amputada, a rodar no bonde, a olhar navios e coqueiros."[26] Monteiro Lobato confessava lembrar de um único ponto de História do Brasil, o dos caetés comendo dom Pero Sardinha (sic). Alguma vida autêntica poderia emergir dessa massa de impostura, chatice, estupidez? Contra a chatice, Lobato fez muito, João Ribeiro um pouco.

A literatura didática dos últimos trinta anos merece, em geral, o adágio "por fora bela viola, por dentro pão bolorento". Não escapou ao campo gravitacional da História do Brasil, apenas a literatura paradidática a tornou pelo estilo, ritmo, anedota, menos pesada e sombria. É que a crítica da impostura de fundo é mais difícil de fazer, mais política, uma vez que a história é um dispositivo articulador da consciência conservadora. Sua natureza é a mesma da ritualística da magistratura, também dispositivo essencial, não como julga o senso comum acessório: um desembargador sem prepotência não é desembargador.[27] Todos sabem que a história não é verdadeira, mas todos se comportam como se fosse: a impostura garante a adesão dos estudantes (ou usuários) ao sistema social em que a impostura é um dos melhores negócios. Não por acaso, as tentativas de enfrentá-la se tornaram caso de polícia sob a última ditadura.[28]

Nenhum historiador tem competência, se é que lhe falta modéstia, para anunciar o fim do reinado do capital sobre o trabalho.

---

[26] RAMOS, Graciliano. *Memórias do cárcere*. São Paulo: Martins, vol I, 6ª ed., 1969, p.11.

[27] Na São Paulo quinhentista, o lavrador Gonçalo Pires teve a cama, com lençóis e dossel, única na região, confiscada sob vara para servir a um ouvidor-corregedor visitante. BELMONTE, *No tempo dos bandeirantes,* SP, Melhoramentos, 4ª ed. s/data, p. 44.

[28] Foi o caso da *História Nova* (1964).

Há quarenta anos, os que criam nessa competência recuaram, entre mágoa e confusão. Não quer dizer que a história não possa nos ajudar a viver com ética; pode, desde que reconheça a sua limitação. Se ela der a compreender como chegamos à atualidade já é muito. A perda da confiança na história gerou o irracionalismo e, mais adiante, a falta de sentido de tudo. Apostando numa prorrogação do jogo, alguns insistem em recuperar o valor do saber histórico. A história tem sabor (da mesma raiz de saber, *sapere*), pode divertir, não é pouco, nos colocando no lugar do outro, na sua pele, para rever o mundo; poderia, nesse caso, humanizar formas de convívio, um dos problemas magnos da nossa espécie. A decadência de Cronos termina na infixidez de Exu, o titã ioruba que, tendo sido esquecido pelo pai na repartição dos setores do mundo, recebeu em paga não ter nenhum – assim, se sentiria à vontade em qualquer lugar.

Na procura de entender a dialética do intelectual africano, uma figura típica, Kwame Anthony Appiah, lembra uma síntese poética popular da sua terra, *o elefante é um elefante, a minhoca é uma minhoca.*[29] Um de seus significados é que uma vida insignificante ainda assim é a vida. A falta de sentido da vida não é exclusiva do tempo ocidental, apenas nele se tornou discurso de dominação e, por isso, é quase sempre atribuído ao outro. A atribuição não anula a comunicação e a compaixão, o que em si já faz um sentido. No final de *Morte e vida severina*, o retirante pensa em se jogar da ponte e da vida. Seu José, mestre carpina não conhece a resposta ao dilema do retirante, mas, para nos salvar, lembra o nascimento de mais uma vida severina, fábrica que ela mesma, teimosamente, se fabrica. Não há resposta para ninguém: a vida a respondeu com sua presença viva.

---

[29] *Na casa de meu pai: a África na filosofia da cultura*, Rio de Janeiro, Contraponto, 1997.

A saída radical

ATÉ AQUI TALVEZ O LEITOR não saiba onde quero chegar. Temos somente peças de raciocínio: juvenilidade do nosso tempo, falência do ensino de história, crítica ao samba do crioulo doido, caráter *quântico* da transmissão da memória, crise do sentido, papel do desejo sobrante etc. Articuladas, talvez servissem de base a uma proposta radical para atualizar o ensino de história.

Nos últimos anos, a voga das biografias e de *casos* jornalísticos – eventos que, ao comover o público, impõem outro nível de pesquisa e argumentação, como uma janela que se necessita abrir em um ambiente sufocado – reaproximou a História da sua origem: gênero literário. Ela trabalha com meios científicos aplicados a fontes primárias para se escrever como literatura, o que lhe abre a possibilidade de passar de História a histórias. Muitos historiadores, por exemplo, trataram da decadência oitocentista do senhor de engenho. *Fogo morto*, de Zé Lins, vai adiante, apresenta uma espécie de mais-valia do sangue, um mais-sangue, ao incorporar o lobisomem à História, lhe dar significado social. A literatura representa aquilo que não tem solução na vida real. O encantado faz brilhar o desencantado, daí a importância dos romances secundários, menores na história da literatura.

No ensino da história nunca fomos, realmente, à ultima consequência: trocar o estudo da vida inautêntica pelo da vida autêntica. Num giro de 180 graus, se poderiam substituir alguns setores (política, economia/sociedade, cultura) por outros (arte, religião, vida cotidiana, esporte, ciência). É verdade que a história *realmente ensinada* tem capítulos de arte, literatura, religião, expansão territorial etc.; e, em outro plano, há histórias *do oprimido* – mas permanecem à parte, complemento ou contraste da história oficial. Nenhuma pretendeu, até hoje, substituir a História do Brasil – aquela que se instituiu em narrativa da nação pela sequência de fatos econômico-sociais, políticos, administrativos, militares e culturais (mais ou menos nessa ordem). Para obter a indicação dos professores, entrar na lista de didáticos que os governos compram e distribuem, as histórias novas se submetem à pauta da história oficial – a transferência da Corte, o II Reinado, as presidências etc. Não dispensam (embora às vezes critiquem) a História do Brasil; são histórias específicas (ou parciais), não gerais. Nossos manuais, mesmo quando se alargam, incluindo alguma coisa da história da África, dos índios, dos pobres, da ciência etc., é a medo, como "atualização", modernização, ilustração etc. Também se tentou, há uns vinte anos, interessar professores e alunos em história local (regional, estadual, municipal), mas sempre como linha auxiliar, caudatária da "verdadeira" (leia-se nacional) História do Brasil. Como vassalos, os reformistas pedem licença para transpor o limiar. A possibilidade de fazê-lo impõe, no entanto, apresentar o que até aqui foi específico como geral – história da língua, da música popular, do pensamento, dos costumes, das diversões, da tevê, da religiosidade etc.

Do outro lado da porta, o sr. Petrone só poderá achar ele mesmo.

II

MUSEU DE TUDO[1]

Mais vale o inútil do fazer.

João Cabral de Melo Neto

[1] Esse ensaio é uma versão modificada da comunicação que fiz, em 2005, a um encontro da Cepal em Santiago do Chile.

*F*ERIADO NACIONAL. *No auge das ovações, dos hinos marciais, das tormentas de flores, o Patriarca se instala na limusine presidencial que o conduzirá ao desfile de jubileu. Os americanos lhe haviam comprado o mar e instalado, como compensação, outro de plástico. Sua velha mãe, a camponesa Bendición Alvarado, abre caminho por entre a guarda de honra, mete uma cesta pela janela do carro e grita para seu filho: "Já que vai andar por aí, aproveita para devolver estas garrafas no armazém da esquina."*

A falta de sentido histórico de Bendición não ficou nisso. Naquela mesma noite, no banquete de gala em que se comemora o desembarque de fuzileiros navais ianques em defesa da ordem nacional, quando Bendición vê o Patriarca em traje de gala, medalhas de ouro, luvas de cetim, não contém o orgulho e exclama ante o corpo diplomático: "Se eu tivesse sabido que meu filho ia ser presidente da república, eu o teria mandado à escola, senhor."

O problema

SE QUISÉSSEMOS INDICAR – o que é sempre arriscado – o problema principal da cultura brasileira, diríamos que está expresso nessas duas cenas insólitas de *O outono do patriarca*, de García Márquez: a incapacidade de converter em energia política a imensa energia cultural que o país libera, sem cessar. Esse *desperdício* de energia é que dá a tantos países do nosso continente a ilusão de que há dois povos distintos no mesmo território: um que faz cultura, outro que faz política, contemporâneos mas não coetâneos.

Ao dizer política, não falo de políticas públicas, estrito senso, mas do conjunto de formas históricas de dominação que constituem a ordem social, inclusive a vida política. Tampouco tenho em mente cultura como *ilustração do espírito*, mas como vida cultural, inclusive a *ilustração do espírito*. Cultura, em princípio, se aproxima do que João Cabral de Melo Neto chamou, num poema, de museu de tudo:

Este museu de tudo é museu
como qualquer outro reunido;
como museu, tanto pode ser
caixão de lixo ou arquivo.
Assim, não chega ao vertebrado
Que deve entranhar qualquer livro:
É depósito do que aí está,
Se fez sem risca ou risco.

Na perspectiva da política – "o vertebrado que deve entranhar qualquer livro" –, se poderia dizer que nosso problema principal tem sido a incapacidade de utilizar o inesgotável acervo desse museu de tudo – "caixão de lixo ou arquivo" – na solução dos problemas políticos que, sem cessar, enfrentamos. Já se disse o mesmo em termos sociológicos: o problema principal da política brasileira (e latino-americana, em geral) é o da transformação da população em povo (José Carlos Mariátegui, Juan Justo, Octavio Ianni e, mais atrás, Manoel Bonfim, Leopoldo Zea, Domingos Sarmiento, e outros): não se vê como isso pode ser alcançado sem aproveitar a enorme biomassa constituída pela cultura – o "depósito do que aí está". Superando o seu isolacionismo, até mesmo a crítica literária – de Silvio Romero a, digamos, Alfredo Bosi, passando por Nelson Werneck Sodré – há muito aponta como razão última da nossa prolongada crise literária o desencontro entre a vida do povo, produtor de cultura nas condições mais adversas, e a das elites, importadoras acríticas de motivos e modos de pensar universalistas e, no geral, estéreis. Também se disse o mesmo ou parecido em termos de história: o sentido da atualidade brasileira é a produção de um espaço-tempo imanente que, cedo ou tarde, acabará por inviabilizar a política, condenada já à morte em vida pelo medo pânico de "desequilibrar" a economia, a que se submete. Tanto é assim que dois temas absorvem a atualidade brasileira, ambos, como no país imaginário do Patriarca, sem solução à vista: a corrupção da "classe política" e o "crime organizado".

Dessa forma, circunscrever a análise e enfrentamento desses problemas a qualquer dos planos em que se expressa, sem ter em conta sua dimensão geral, mesmo que o observador domine uma metodologia qualquer (como nas teses acadêmicas), é grave falha de método.

Ao dizer problema principal da cultura, quero dizer também problema magno (*magno natu*, idoso, venerando), aquele em que todos os outros estão contidos ou de que historicamente procedem – a díade arcaico-moderno, a identidade nacional, a alienação, a transplantação, a produção e os processos culturais, a subordinação e a autonomia da criação artística, a cultura de massa etc., bem como a negação de todos e de cada um desses problemas em particular. Isso nos traz de volta ao vocabulário científico: também nas ciências do homem, se busca uma teoria do *campo unificado*, capaz de conjugar harmoniosamente (Einstein dizia: *elegantemente*) as formas de interação social até aqui conhecidas (a histórica, a econômico-social, a política, a cultural, a étnica, a simbólica). Essa busca, ainda que contrária ao espírito pós-moderno, permanece para muitos intelectuais em nosso continente uma ética, no sentido revelado àquele Ti Noel nas últimas páginas de *El Reino de Este Mundo*, de Alejo Carpentier: "Mas a grandeza do homem consiste precisamente em querer melhorar a si mesmo, a impor-se Tarefas." Talvez seja a única proposição não ironizável, o postulado que dá sentido à própria discussão sobre sentido.

O museu de tudo

CULTURA, TAL COMO DEMOCRACIA e tantos outros, é um conceito escorregadio. Consideremos, por exemplo, uma frase corriqueira: "A cultura vai mal, o orçamento do Ministério da Cultura diminuiu." Se confunde aí cultura com instituições culturais: a falência das instituições culturais, na verdade, não é falência da cultura, mas a sua libertação. Ou esta frase: "Precisamos levar cultura ao interior do país." Se afirma aí a velha noção de cultura como ilustração do espírito – embora há pelo menos duas gerações esta acepção pouco ou nada represente. Um conservador empedernido, situado indiferentemente no campo político da direita ou da esquerda, infere daí que a cultura jovem – aquela que se veio afirmando desde o fim da Segunda Guerra, o *jeans*, o *fast-food*, *o sexo, droga e rock'n'roll*, a compulsão pela internet – não passa de barbárie: o inferno são os jovens. Cada vez mais distante, o universo da cultura já não responderia aos esforços de lhe conferir sentidos.

Isso acontece porque, até aqui, o museu de tudo ficou sob controle da política – como agora a política sob controle da economia. "*Hip hop* não é música": que significa este juízo feito por pessoas que, nos anos 1960, amaram a bossa-nova e/ou o rock? Significa que o *hip hop* (e o *rap*, o *funk*, o *heavy metal*, a *techno* etc.), expressões da música de massa, escapam ao controle da definição desde o lugar da política. Baudrillard chamaria de buraco negro – monstruosa densidade onde todo sentido se precipita e desaparece – esse objeto da definição: os políticos continuam a servir sentidos, a massa apenas os engole, sem nada devolver. Mas não apenas os produtos de massa escapam às velhas definições. Também os *processos culturais* locais, criados sem cessar pela dinâmica social, se mantêm livres do Estado e do mercado, há muito as duas margens irrefutáveis da política.

É hora de libertar a cultura do nome que a sequestrou. Na realidade, já se libertou: caberia aos intelectuais críticos (quase uma redundância), não aos especifistas,[2] a sistematização e normatização dessa liberdade, agora já não como vanguarda artística e/ou política, mas como projeto político. A possibilidade de superar a antítese vanguarda *versus* tradição está na admissão de uma outra antítese, que só agora se apresenta ao nosso horizonte: cultura *versus* política. Pois é certo que a mutação histórica recente – a "sociedade do espetáculo", a "era imaginal", o "videocapitalismo", o "shopping-center global", como se preferir chamar – tornou a cultura um *plano anterior* aos planos econômico, social, político etc. Pode ser que tenha caído de vez a distinção entre infraestrutura (plano real) e superestrutura (reflexo do real na consciência dos homens). O *simples* de Engels ("O simples fato, até então camuflado por uma excrescência da ideologia, de que a humanidade tem antes de mais nada de comer, beber, abrigar-se, vestir-se, para depois se dedicar à política, ciência, arte, religião etc.") se tornou tão complexo hoje quanto a gravitação de Newton em face da física quântica. Durante a maior parte do tempo, pudemos separar as intenções e desejos (mundo da cultura) dos objetos inanimados (mundo natural e/ou industrial), mas hoje estes objetos já nascem ideologizados, as intenções e desejos estão neles como imanência. Também a velocidade, por exemplo, que foi no passado uma *frequência* da comunicação entre pessoas e objetos, é hoje o ser das pessoas e objetos: o sonho dos vendedores de mercadorias se realizou nos computadores (onde o tempo é medido em milissegundos) e na Fórmula 1 (o gozo da velocidade por ela mesma).

---

[2] Para distinguir de especialistas. Chamo de especifistas os especialistas voltados para dentro da sua especialidade.

O tempo brasileiro

Em 1922, no subúrbio carioca de Todos os Santos, morreu Lima Barreto, abraçado a um volume da *Revue des Deux Mondes*. Dize-me com quem morres e te direi como é tua vida. Todos os Santos, apesar do trem, era descampado, semirrural. Lima era cachaceiro e não deixava a irmã passear no Méier. A *Revue* era dos dois mundos, a Europa e o resto. Naquele quarto, sitiado pelos gritos de um louco no quarto vizinho, seu pai, acabava uma época.

Em 1945 acabou a época seguinte, também num quarto, Rua Lopes Chaves, São Paulo. A morte de Mário de Andrade é um bom emblema para localizar o começo do nosso tempo, como a de Lima para marcar o fim da anterior. É que com eles começavam a morrer algumas ilusões da inteligência brasileira. Mário se dedicou em sua curta vida (1893-1945) a buscar uma síntese entre o litoral e o sertão, o urbano e o rural, uma angústia que, aliás, não era nova. Lima, como Mário, levou ao extremo a sede de síntese, uma chave mestra que abrisse tudo, e esta foi o bovarismo – distância entre o que se pensa que é e o que se é realmente. Nossos padecimentos e desencontros como povo e nação provinham dessa falta estrutural de ética (outra maneira de dizer bovarismo). Nessa época o urbano era pequeno, não havia metrópoles (o Rio chegou a um milhão só em 1930). Já a pergunta principal que Mário fez, e levou também ao extremo – se pode dizer que num certo sentido Mário de Andrade morre disso –, de respostas insatisfatórias, foi de como sintetizar cultura e política, tradição e modernidade, rural e urbano, antes do rádio e depois do rádio. A geração intelectual seguinte, do cinema novo, do Centro Popular de Cultura etc., não conseguiu se livrar da agenda de Mário. Lima viu a cultura popular como folclore, um problema secundário; Mário a viu como suíte identificatória. Foi-se com ele a necessidade da chave, intelectuais atrás-de-síntese vão rareando até desaparecerem, novos conteúdos de ideias se impuseram.

Nosso tempo é o do homem veloz. Até aqui vivíamos o tempo do homem lento. A revolução dos meios de comunicação e transporte acelerou de tal maneira o tempo que, mesmo os homens que não mexem com laptops, não viajam de aviões supersônicos etc., estão submetidos ao império do homem veloz. Ocorre aqui o mesmo que com os homens sem ciência, os que nada sabem de ciência, mas têm sua vida determinada pela ciência e a técnica, delas não podemos nos arrepender (na fórmula feliz de Carneiro Leão).

O tempo veloz é, na sua essência, o tempo de realização atual da mercadoria a nível mundial. A técnica e a ciência, na condição de investimento de capital, produziram a formidável aceleração do tempo que nos conduz à situação de hoje: ser cada dia mais veloz para nada, a não ser para vender e comprar mercadorias. O emblema do tempo veloz é a Fórmula 1, os homens alienados são levados a amar a velocidade pela velocidade, quando não passa da velocidade da mercadoria, enquanto se propaga a sua *peste negra*, a droga: o que são, essencialmente, maior quantidade de aventura existencial no mínimo de tempo, *"tuto e subito"*. Esta proposição não desconsidera, como parece, a velocidade extrema e a drogadição como aventuras existenciais, o que são, essencialmente, apenas as situa como linhas dominantes em sua época histórica.

Esse tempo iniciado, para os brasileiros, com a emblemática morte de Mário de Andrade, é o da revolução jovem. Não apenas o ideal da vida passou a ser jovem, o jovem se tornou a fatia principal do mercado mundial. Com o transcorrer dos anos, a juvenilidade se esticou para abarcar pessoas com menos de 15 anos, por um lado, e mais de 25, por outro. Essa a reclamação de Nelson Rodrigues em 1968:

> *E tudo mudou. Agora o importante, o patético, o sublime é ser jovem. Ninguém quer ser velho. Há uma vergonha da velhice. E o ancião procura a convivência das Novas Gerações como se isso fosse um rejuvenescimento. Outro dia dizia-me uma senhora: – "Tenho mais medo da velhice do que da morte." Quer ser defunta e não quer ser velha.*[3]

[3] RODRIGUES, Nelson. *O óbvio ululante*, São Paulo, Companhia das Letras, 1993, p. 98.

Ser jovem deixa de ser uma idade, passa a uma economia do tempo. Todas as profissões, mesmo as mais respeitáveis, se tornam juvenis; na imprensa, por exemplo, a notícia será uma mercadoria vendida por jovens atentos ao índice de audiência, ao fazer simples, ao fazer curto, ao fotografar bem etc. A televisão submete o jornal e, em seguida, submete ambos ao controle gerencial da notícia. A revolução jovem ocorre em todos os campos de atividade social – em todas as instâncias do ser, em linguagem filosófica – obviamente dentro do tempo histórico que é o nosso: não acontecia *isso* antes e, certamente, não acontecerá mais tarde.

Em nosso tempo brasileiro, a cidade domina o campo, que tende a desaparecer. No plano político, se apresentaram duas saídas para essa revolução urbana: a *democracia populista* (Octavio Ianni), conjunto de práticas de poder político, que se desenvolve e declina no Brasil entre 1945 e 1964, sob os governos de Getúlio Vargas, Juscelino Kubitschek, Jânio Quadros e João Goulart;[4] e, com o golpe de 1964, o poder tecnoburocrata, segundo o qual todo problema social pode ser resolvido pela gerência.

Atualmente, o Brasil se mostra uma nação inconclusa. A geração intelectual de Mário e a seguinte acreditavam que o Brasil se concluiria como nação: Estado + território + povo. Não aconteceu. O Estado perdeu soberania, o território se desterritorializou, o povo foi substituído pela massa – o *capitalismo tardio* de alguns analistas. É que a conclusão da nação, objetivo estratégico da democracia populista, *caiu de pauta*, não se coloca mais na *agenda* nacional. A própria ampliação do Estado, basicamente pelas organizações da sociedade civil, e a reprodução capitalista, que é a sua função principal, desacreditaram, até aqui, tanto as estratégias políticas de conservação quanto as de transformação social.

Nosso tempo é o da ampliação e refundação do Estado, distante agora do que foi no século XIX e mesmo no começo do XX.

---

[4] O governo Dutra (1956-60) não foi democrático nem populista. Sua marca foi prolongar o autoritarismo da ditadura, submetendo-se à Guerra Fria do lado americano. Na Escola Superior de Guerra nasceram as ideias-força do golpe militar de 1964.

Enquanto o capital, como sempre, produz *valor*, no sentido dado pela economia política, o Estado passa a produzir uma espécie de *antivalor*, um valor que não visa ao lucro. O encontro desse valor produzido pela empresa privada e do antivalor, produzido pelo Estado, anula os dois, fazendo aparecer aquilo que alguns sociólogos e historiadores chamam de publisfera, camada que envolve o Estado antigo, como o conhecíamos. Nessa publisfera se dá, hoje, a reprodução do sistema, terra de ninguém em que o capital se alimenta de fundos públicos. (Os principais fundos públicos são os recursos para a ciência e tecnologia, os subsídios para a produção, os recursos dos bancos e empresas estatais, as intervenções no *open marketing*, a valorização dos capitais através da dívida pública etc. Não são apenas a expressão dos recursos estatais destinados a sustentar ou financiar a acumulação do capital, mas um mix da lógica privada e da lógica pública.)[5]

Desse jeito, a política como a entendíamos até aqui morreu. O próprio senso comum já verificou isso – adianta eleger um presidente se, com pouca variação, ele vai fazer igual ao anterior? Não se concluindo a nação, não faz diferença ocupar o governo, todas as políticas tendem para o centro, leito natural das economias-mundo (globalização) que substituíram as economias-nação. Num mundo globalizado, todos os governos são de centro, ou tendem a ser de centro, como os que tivemos depois da redemocratização. Os que tentaram sair do figurino acabaram emparedados (aliás, uma gíria militar), como os de Getúlio, em 1954, e João Goulart, dez anos depois. Esse o significado da gozação de Ulisses Guimarães (ou de Paulo Salim Maluf): "O Brasil só dá certo quando a cultura fica com a esquerda, a economia com a direita, e a política com o centro."

A cadeia de idealizações que sustentava a ideia de Brasil, nascida com a Revolução de 1930, se rompeu em algum ponto, levando a dilemas sem solução teórica. Por outras palavras, uma característica desse nosso tempo é que as idealizações de que todo

---

[5] OLIVEIRA, Francisco de. *Os direitos do antivalor*, Petrópolis, Vozes, 1997.

país necessita para se autodefinir se desmancharam no ar, substituídas por outras.

Lá por 1950, tínhamos as seguintes idealizações: o Brasil tem uma natureza pródiga, aqui em se plantando tudo dá; o povo brasileiro é cordial, resolve tudo na paz e amor; o Brasil é o país do futuro, tem um destino manifesto; basta olhar, somos uma democracia racial.

Em nosso tempo essa cadeia se rompeu em algum ponto, podemos escolher qual. Ao pensar hoje, por exemplo, na *questão do negro*, seja qual for o ponto de vista, já não se sustenta, salvo com argumentos pueris, a idealização da democracia racial. Ela explodiu sob pressão dos movimentos negros, desconstruída pelas políticas públicas de ação afirmativa (sobretudo na modalidade sistema de cotas). A explosão se faz sob nossos olhos, mobilizando o nosso medo ou esperança.

A história, seja como for, não pode embelezar o que por si é feio, ou desagradável, ou desumano. Cronos, de onde vem cronologia, é monstruoso, degrada, mata, leva à decadência, faz apodrecer. Em nosso tempo triunfa a sociedade do espetáculo. Aqui, a razão humana, esse velho problema da contradição entre homem e natureza, que era a sua vida autêntica, é substituída pela alienação ao espetáculo, produzida pela contradição entre o homem e o espetáculo, que é a vida inautêntica. Em nosso tempo só existe o que aparece, só o que aparece cria valor, de forma que a história é substituída pelo presente contínuo. O comunismo, enquanto formação social, foi derrotado pelo espetáculo que ali era concentrado e, no capitalismo vencedor, é desconcentrado ou democrático.

Em nosso tempo, essas definições (conceitos, ideias) estão desafiadas por outras, outras maneiras de ver. Os saudosistas reclamam que não há mais cultura, que se instalou a barbárie, a cultura acabou etc. É que o conceito que tínhamos já não é eficaz para explicar nada, perdeu a sua razão de ser ou, quando menos, foi desafiado. Um desses desafios é a ideia de verdade que se insinua sob a publicidade: verdade é aquilo que você convenceu o outro de que é verdade. Não por acaso a publicidade é a ideologia do capital globalizado.

Já não importa a verdade fundamental vivenciada pela comunidade, nem a que se projeta para o futuro. A Paideia, elevação do espírito pela educação, e o Iluminismo, universalidade da razão, são desafiados pela platitude de espírito, que se reproduz por contágio, por rede, não mais de cima para baixo, o mestre e o aluno, o pedagogo e o estudante; se reproduz agora por cissiparidade, quem está perto tem a verdade, quem está longe não tem a verdade. É como se, enfim, alguma coisa essencial na cultura, na civilização, estivesse em extinção, como as baleias jubarte. Cultura enquanto verdade do homem é desafiada pela cultura enquanto verdade da mercadoria, a verdade publicitária; a própria ideia de homem é desafiada pela ideia do super-homem ou homem virtualizado ou egocentrado.

O que nos obriga a permanentemente redefinir os conceitos? O mesmo desenvolvimento da luta pelo poder – pela renda e pela imagem – que esmaga como rolo compressor os conceitos e as idealizações do tempo anterior. A preocupação com a aparência é tão antiga quanto o homem, não é essa a novidade, mas há cerca de meio século o espetáculo é o modo de produção dominante – assim como no século XIX, o capitalismo industrial, ainda que só a Europa ocidental fosse industrializada – inaugurado pelas máquinas capazes de transportar imagem e de processar informações eletronicamente. A televisão inicia o processo de substituição do real pela sua imagem, daquilo que efetivamente acontece por aquilo que aparenta acontecer – nesta esfera se realiza a mais-valia, o ganho do capital, casando, desse jeito, as duas formas de poder, o controle da renda e o controle do imaginário.

Há meio século havia um projeto político relativamente consensual no país. Previa tarefas abrangentes, como reforma agrária, exploração por capitais brasileiros das riquezas brasileiras, extensão da cidadania à totalidade da população, e assim por diante. Foi abandonado graças a uma série de circunstâncias, algumas ao nosso alcance, outras fora. Ao mesmo tempo que o país perseguia esse modelo de desenvolvimento, o que hoje comumente se chama de globalização estendia as relações capitalistas a todo o globo, com a subordinação das economias nacionais à economia-mundo. Internamente, ocorriam transformações que também escapavam ao alcance daquele projeto, dilemas que não tinha como resolver. Quando Vargas, em seu último governo (1950-1954), decidiu, finalmente, realizar aquelas tarefas, a população, não mais de 70 milhões de habitantes, trocava o campo pela cidade; será, em breve, de 140, 170 milhões, a maioria citadinos. Se ampliavam, também, a indústria cultural e a cultura de massa, desproblematizadoras por definição. O projeto deu com os burros n'água, não fizemos a reforma agrária, a propriedade se concentrou ainda mais, não estendemos a cidadania à totalidade da população, não se criou um mercado consumidor interno para o capitalismo nacional, ainda que a ditadura militar se empenhasse em ações de infraestrutura, perdemos aquele trem da história. Seria hoje possível concluir a nação nos termos do último Vargas?

Esses diagnósticos não são originais, nem novos, se trata agora de extrair deles normas de ação e estratégias de luta para as corporações intelectual e política, livrando-as do niilismo em que se encontram há, mais ou menos, trinta anos. Um niilismo tão espesso que se tornou, à sua revelia, um negócio de conferencistas e pensadores do Primeiro Mundo. Para muitos desses "advogados do universal", só lhes restaria jogar no vasto oceano de ignorância e/ou indiferença em que vivemos uma "mensagem na garrafa", improvável de ser encontrada, improvável de ser decifrada por quem a encontrar, improvável de servir para alguma coisa. O universalismo fez bem ao homem, mas não esqueçamos que, ao encontrar uma medida comum para todos os homens, também fez mal, parindo (entre outros) o racialismo e a ideologia do neocolonialismo, que se baseia, precisamente, na convicção do verdadeiro em qualquer parte e para qualquer homem. É verdade que os intelectuais são uma corporação ociosa no começo do século XXI, mas ociosa por desigual, variando conforme se viva em Tóquio, Nairóbi ou Assunção. Mesmo o nada-fazer varia conforme os lugares.

Exu Elegbá

No PANTEÃO AFRO-BRASILEIRO há uma entidade, Exu Elegbá (o *Maître Carrefour* dos haitianos, o *Sarabanda* do cubanos) que, quando "baixa", *faz tudo*, absolutamente, mas esse poder não nos foi dado. Exu nada tem a ver com a circunstância, de que os humanos são feitos. Cultura é tudo, mas não conseguimos, tanto quanto o nada, pensar o tudo. A ideia de cultura como *museu de tudo* seria imprestável se não lhe circunscrevêssemos um campo inteligível. O primeiro sentido instaurador desse campo é o significado: cultura é um significado que emprestamos às coisas.

A origem da palavra cultura é *colo*, eu moro, eu ocupo e, por extensão, eu trabalho, eu cultivo o campo. No particípio passado se dizia *cultus*, no particípio futuro, *culturus*. Se reconheciam aí um fundamento (*cultus*) e um destino (*culturus*). Tinha na origem uma dimensão comunitária (fundadora) e, ao mesmo tempo, de projeto, implícita no mito universal de Prometeu, "que arrebatou o fogo dos céus para mudar o destino material dos homens".[6] Quem diz fundamento diz comunidade, quem diz destino diz projeto, porvir, ideal, utopia. São essas, sejam quais forem suas definições, as principais dimensões da cultura. A terminação *urus*, em *culturus*, indica processo e não produto. Nesses termos, cultura é a ponte entre fundamento e destino. Não é um objeto, um ente concreto, mas ação em realização, algo que se esconde (e na atualidade da produção industrial globalizada, cada vez mais) dentro e atrás do produto. Cultura não é, por exemplo, *el tintito* das bodegas chilenas; é a maneira de fazer e tomar o vinho, o seu nascimento pelo trabalho coletivo, a sua intenção, o seu costume, o seu vício – o seu

---

[6] Quem lembrou isso foi Alfredo Bosi, em *Dialética da colonização*, São Paulo, Companhia das Letras, 1992.

desejo. Um carro é produto de borracha, vidro e metal, mas o seu significado não é borracha, vidro e metal – é transporte ou prestígio. Os significados transporte e prestígio são a cultura do carro.

Já *mercadoria* é outro significado. Não há um objeto, uma coisa chamada mercadoria, ela é o significado que ganha qualquer coisa quando levada ao mercado, se faz objeto de compra e venda.[7] Há quem o suponha ontológico porque, provavelmente, comprar e vender aciona o dispositivo que nos faz humanos, o dispositivo do jogo – o mesmo que está por baixo de toda arte e literatura. Mercadoria, por definição, se realiza no tempo presente; quanto mais rápido o tempo de realização, mais mercadoria. Os jovens inventores do Google, que apenas queriam se divertir numa garagem de Seattle (é a sua versão), ganham rios de dinheiro porque aumentaram exponencialmente a compra e venda de mercadorias em tempo recorde em todo o mundo. A mercadoria não admite, portanto, o fundamento (o tempo passado), nem o destino (o tempo futuro), não pode ser *cultus* nem *culturus*. O tempo veloz em que vivemos hoje – e a que vão capitulando uma por uma todas as sociedades, direta ou indiretamente, na sequência imediata ou na mediata – só pode ser o tempo da mercadoria: global, sem história, sem projeto, sem futuro, sem cultura. O lugar da mercadoria, ali onde ganha o seu sentido é, pois, o dinheiro, equivalente universal das trocas; o lugar da cultura, onde se produz o seu sentido, é o não dinheiro, o que identifica como ideológicas, desde logo, expressões como "economia da cultura", "investimento cultural" etc., de circulação entre autoridades culturais dos países latino-americanos. Não passam de expressões do *pensamento único*, sua ideologia disfarçada em teoria da cultura.

---

[7] "Veio, finalmente, um tempo em que tudo o que os homens tinham encarado como inalienável tornou-se objeto de troca, de tráfico e podia ser alienado. Este foi o tempo que as próprias coisas que, até então, eram transmitidas, mas jamais trocadas; dadas, mas jamais vendidas; adquiridas, mas jamais compradas – virtude, amor, opinião, ciência, consciência etc. – em que tudo enfim passou ao comércio. Esse foi o tempo da corrupção geral, da venalidade universal ou, para falar em termos da economia política, o tempo em que tudo, moral ou físico, tornando-se valor venal, é levado ao mercado, para ser apreciado no justo valor." MARX, Karl. *Oeuvres I-Misère,* Paris, 1963, pp. 11-12.

Cultura seria melhor descrita, na era *imaginal* que vamos vivendo, como uma substância plástica de que tudo é feito, os objetos e os interstícios entre os objetos. Um queijo é cultura, mas os buracos do queijo também o são. As diferentes qualidades de queijo levadas ao mercado são um produto cultural, já o trabalho dos vermes que fez o queijo – explorado por seres humanos – é um processo cultural. Ambos são cultura. Os processos, antes de se materializarem ou não em produtos, os vazios, as lembranças e os esquecimentos constituem campo da cultura. Assim vista, cultura é uma anterioridade, uma centralidade e, por suposto, também uma radicalidade, uma vez que já não se subordina à política. Não se pensaria assim há trinta anos.

O complexo de Bendición Alvarado

MAS NÃO APENAS O SIGNIFICADO circunscreve o campo alargado da cultura. Estamos diante de uma *forma de interação* pressentida, mas não formulada antes: a *interação cultural.* O que hoje se chama cultura não passa, com efeito, de uma forma de interação, em certas circunstâncias mais poderosa que a interação econômico-social, revelada por Marx, há quase dois séculos, equivalente à interação gravitacional da física. Se largarmos este livro agora, certamente ele cairá em direção ao centro da Terra, mas enquanto não se "descobriram" as interações eletromagnética, nuclear forte e nuclear fraca, nenhum dos tecno-objetos que preenchem nosso mundo teria sido inventado. A interação cultural consiste na atração-repulsão entre o produto e o projeto, entre os objetos materiais destinados à compra e venda e os processos com que foram feitos, entre a história enquanto forma de dominação e a cultura enquanto ponte entre fundamento (*cultus*) e destino (*culturus*).

Nos últimos anos entrou em circulação a expressão "patrimônio imaterial" para distinguir processo de produto cultural (a festa de largo, por exemplo, seria distinta da igreja de pedra e cal à sua frente), mas se insinua aí uma cisão que oculta a interação de que falamos. Processo e produto se repelem e atraem, precipitando um *desejo sobrante* que vai aparecer no campo da história, transpondo os limites da memória, como *singularidades exigentes* – contraepisódios inassimiláveis ao corpo solene e pedagógico que, na América Latina, chamamos história nacional. Ou, por referência à ficção de García Márquez, como *Complexo de Bendición Alvarado.*

O patrimônio cultural da sociedade brasileira é um encanto/sedução arcaica registrado por viajantes estrangeiros desde pelo menos o século XIX – um Charles Darwin, uma Maria Grahan, um Spix & von Martius, um Agassiz, um Stefan Zweig. Embora típica, essa "energia" que emana do povo não é específica do Brasil, como gostamos de crer, está em toda parte, constitui o objeto específico da etnografia. Esse encanto/sedução arcaica é outro nome do *desejo sobrante.* No Brasil, mesmo o papa do Modernismo, Mário de Andrade, fascinado pela velocidade urbana, andou no encalço do *desejo sobrante* como "turista aprendiz". Morreu de melancolia, endemia dos intelectuais ibero-americanos – a sua doença de Chagas – ao perceber que as Bendicións Alvarados estavam condenadas pela radiodifusão. Morto em 1945, Mário não chegou a conhecer a cultura publicitária, o Grande Exterminador que deleta ou formata o *desejo sobrante* num padrão moderno de qualidade (chamado na televisão brasileira de "padrão globo de qualidade") anulando, desse jeito, o seu caráter libertário.

Identidade como um segundo nome de devoração foi a ideia-força do Movimento Antropofágico que, nos anos trinta do século passado, pretendeu fundar a literatura nacional brasileira. "Nunca admitimos o nascimento da lógica entre nós", anunciava, instituindo com orgulho os festins canibais do século XVI em atos de fundação do povo brasileiro. A origem longínqua desse discurso se encontra em Montaigne, na sua louvação da superioridade do selvagem: ele só devorava "estrangeiros", esta a sua maneira de reconhecê-los como outro. Contudo, nosso livro mais inteligente da linha devoração como ato fundante é *Macunaíma, o herói sem nenhum caráter* (1928), recriação como rapsódia de mitos indígenas e caboclos recolhidos pelo alemão Theodor Koch Grümberg, a que se juntam legendas tradicionais, parlendas e recontos folclóricos. À beira do Uraricoera, a índia tapanhumas – sempre a índia como gênese dos povos sul-americanos – pare um menino preto retinto filho do medo da noite. É Macunaíma.

Mário pretendia demonstrar que nossa capacidade mais universal é a da metamorfose, mesmo a nossa música ele a via como suíte, não como *continuum*. Brasileiro seria, por definição, o que se metamorfoseia, devoração, a marca da nossa superioridade como povo. Sem querer, Macunaíma prefigurava Getúlio Vargas, que, sob diferentes disfarces – nele eram naturezas sinceras –, por 15 anos ininterruptos e mais quatro *imperou* sobre o Brasil. Eis um caso raro da conversão de energia cultural em política, a que me referi, e não só por meio da psicologia. *Herói sem nenhum caráter*, quer dizer, que tem todos, o que se aplica tanto ao povo (que no Brasil passou de pré-moderno a pós-moderno sem conhecer o moderno) quanto a seu herói. A era Vargas (1930-54), em razão de fatores conhecidos, foi de contágio, quase promiscuidade, entre pobres e novos ricos, com exclusão temporária dos velhos ricos (oligarquias) e novos pobres (imigrantes). A base social de sustentação de Vargas se constituía da classe média empresarial e da proletária, com exclusão temporária da alta burguesia exportadora. É como se tivesse se formado, então, uma nova *ordem* moderna: nem *ordem* oligárquica, nem *ordem* popular. A *cultura do populismo* foi o conteúdo de ideias dessa modernização prussiana, almejada pelos militares proclamadores da República (1889) e realizada, cinquenta anos mais tarde, por um caudilho dos pampas. Noel Rosa, *pai* do samba, foi chamado por um estudioso de "o Getúlio Vargas da música popular"; e de Leônidas da Silva, o pai do "futebol arte", se poderia dizer que foi o Getúlio Vargas do futebol. Se poderia, igualmente, falar de uma literatura do populismo com o romance de Jorge Amado e o teatro de Nelson Rodrigues. Nesse universo em expansão é que as vanguardas artísticas, a começar pela modernista, se distanciaram cada vez mais e para sempre da cultura entendida como significado e da história como *crônica de indomáveis delírios*.[8]

Dois senhores

A HISTÓRIA DO FUTEBOL BRASILEIRO, como a da música popular, também se poderia explicar pelo que chamamos interação cultural, mais fina que as outras. Estrangeiros supõem que é enorme a bibliografia analítica sobre o futebol "no país do futebol". Não é. Mesmo em ficção, Nelson Rodrigues podia dizer, há trinta anos, que não há no romance brasileiro "um único personagem que saiba bater um mísero córner". Quando a seleção brasileira conquistou o bicampeonato mundial em 1962, no Chile, nem assim o governo João Goulart deixou de ser arrastado pela onda golpista que varreu o continente, mas esse é tão somente um episódio invertido da dominação da política sobre a cultura. Desde a ditadura, consolidada em 1968, começou a disputa, que vem até hoje, entre duas concepções de futebol brasileiro: futebol arte *versus* futebol força (ou de resultados). "Na CBF (Confederação Brasileira de Futebol) até papagaio bate continência", se dizia então. A *maneira* brasileira de jogar (*dionisíaca*, diria Gilberto Freyre) nasceu entre os anos vinte e quarenta do século passado, quando o esporte se distanciou da origem britânica, se massificou e profissionalizou. Era um legítimo *processo cultural autônomo* (com relação ao Estado e ao mercado), desdobramento da capoeira e do batuque, capaz de estabelecer os parâmetros do "melhor futebol do mundo", para os ufanistas. A capoeira legou ao futebol brasileiro a arte de negacear, simular, seduzir que, no negro urbano brasileiro, é uma estratégia de sobrevivência. Aquela *maneira* tinha significado popular, oposto à maneira da elite brasileira anglófila (o futebol chegou ao Brasil

[8] SANTOS, Joel Rufino. *Crônica de indomáveis delírios*, Rio de Janeiro, Rocco, 1991.

com engenheiros, técnicos e financistas ingleses); e realizava, ao mesmo tempo, um desejo das massas urbanas, decorria do seu sensualismo e arcaicidade. Era, como se vai dizendo hoje, *cultura de sedução*.

Nos anos 1950, enfim, essa arte popular sofisticada se nacionaliza, o que, em nosso caso, significa apropriação pela política: junto com a língua (idioma), a radiofonia, a pacificação dos índios, a criação do patrimônio histórico, a instalação da universidade etc., passa a integrar o arsenal de instrumentos *espetaculares* que vai criando o que se poderia dizer uma nova forma de vida, um *biosmidiático*, a se acrescentar às três apontadas por Aristóteles (Muniz Sodré).

De então até hoje, o futebol brasileiro se divide entre dois senhores: a política (serva do Estado e do Mercado) e a cultura. Visto de fora, não se percebe a sua esquizofrenia. Essa a astúcia da política: encobrir o segredo da arte popular que chamamos futebol. Qual segredo? O uso do pé com *astúcia de mão*. No futebol brasileiro a bola não é inimiga, mas se usa *com malícia e atenção/dando aos pés astúcias de mão* (João Cabral de Melo Neto). Esse, com toda a clareza, o problema principal da cultura brasileira hoje: a energia que emana da arte popular não se converte em política, salvo como reprodução do videocapitalismo.

A televisão como partido político

É SINTOMÁTICO QUE A ÚLTIMA e mais bem-sucedida tentativa de autonomizar a cultura no Brasil, libertando a sua definição do campo político, se tenha feito durante a ditadura militar, gestão Aloísio Magalhães na Secretaria de Cultura do Ministério da Educação, depois ministério (1979-1982). Autonomização em termos, pois a política cultural da ditadura consistia em usar a televisão e o folclore como instrumentos de conclusão da nação. Não podendo contar com a corporação intelectual, que repelira ou exterminara, a ditadura "investiu" naqueles dois setores. Como é comum nesses casos, mirou no que via e acertou no que não via. A televisão pariu uma originalidade nova, a telenovela e sua dramaturgia romântico-naturalista, enquanto o popularismo cultural desconstruía a ideia oligárquica de cultura.

Conhecido no exterior como o país do Pelé, o Brasil passou também a ser conhecido, há vinte anos, como o das novelas de televisão. Elas se originam das radionovelas mexicanas/cubanas dos anos 1930 – "teatro da família", para e pela família, doce, cruel, patriarcal – folhetim eletrônico. Sustentadas pelo "milagre econômico",[9] acabaram por encontrar um caminho exclusivamente brasileiro. Do pré-moderno oitocentista mantêm, como o cinema de Hollywood, o final feliz, mas não o grotesco, confinado aos programas de auditório da tevê aberta. Do moderno, assimilaram a tirania do sucesso e da beleza, dando-lhe uma dicção naturalista (tom familiar, nunca impostado), formatando-a no padrão artístico publicitário. Nas telenovelas brasileiras, de sucesso em Cuba, na Argentina, na China, na África de expressão portuguesa etc., o velho jogo do amor, seu interminável perde e ganha, é agora um jogo entre imagens, não entre pessoas, o que, na visão de um realista, emprestaria à telenovela o seu ar de inautenticidade – e que, no entanto, para a maioria, ocupa a função da vida autêntica. Para produzir essa prótese, diferente da mimese com que as gerações anteriores curtiam a *obra de arte,* a indústria televisiva criou uma linha de montagem de celebridades e glamour – glamour de cenários (mesmo as casas de pobres são limpas e arrumadas) e de personagens (mesmo os vilões não são repulsivos). A televisão brasileira desempenha, em suma, o papel de partido político nacional: produz o formidável consenso em torno da ordem social do capitalismo tardio. Realiza, com ironia, o sonho de Gramsci: depois de Maquiavel, o Partido Comunista... depois deste a Rede Globo de

---

9 Crescimento econômico a taxas em torno de 10% nos últimos anos da década de 1960.

Televisão. Ela pauta o jogo político tradicional, condenando-o a um espetáculo de "apagada e vil tristeza" (Camões), desqualifica-o por meio da telenovela e da fala de suas celebridades e, enfim, através da publicidade, que é a sua espinha dorsal, garante a adesão e fidelidade dos pobres ao sistema em que eles nunca passarão de pobres.

Corda de bloco

NUMA DISCUSSÃO DE TÉCNICOS DO METRÔ, em São Paulo, esmagado pela conversa em milhões de cruzeiros (moeda da época), Aloísio Magalhães não sabia o que dizer. De súbito, interrompeu os técnicos e disse bem alto: "E Triunfo?" A gafe intencional era para falar de uma cidadezinha serrana do interior de Pernambuco, que se avista de repente ao fazer uma curva na estrada: antiga, harmoniosa em suas ruas, praças, prédios de dois andares; uma escala humana perfeitamente mantida, uma densidade correta, um *processo* de harmonia entre ecologia e necessidades técnicas, toda uma forma de vida com representatividade e sem nada a ver com a escala da discussão dos mundos econômico e político. Quantos Triunfos existiriam por aí? Triunfo é um *lugar* (configuração social), mais do que um *local* (posição geodésica) do mundo da cultura.

Aloísio Magalhães não apenas teve prestígio com a presidência, suas iniciativas foram reconhecidas como importantes, até certo ponto, na estratégia de governo. É que então houve condições para se ir além das definições formais de política cultural ("fortalecimento e ampliação do estímulo às atividades artísticas e culturais" como patrimônio, cinema, bibliotecas, intercâmbio, vídeo, casas de cultura, museus etc.). Foi Aloísio o introdutor em política cultural das ideias contemporâneas de *bem cultural, paradesenvolvimento, metadesenvolvimento, contexto cultural, processo civilizatório*, e outras. Bem cultural não é algo estático, necessariamente fixo, mas depende de certas constantes que possam ser identificadas, algo que tenha sido reiterado na trajetória do país. Se deve distinguir *bem em criação* de *bem já estabelecido* (vertente patrimonial): o primeiro devia ser protegido pelos órgãos de cultura, o segundo (as belas-artes, o livro, o pensamento etc.) repartido socialmente. O bem cultural extrapola o "belo e o velho", é o gesto, o hábito, a maneira de ser das comunidades que constituem o nosso patrimônio cultural. Claro que as excelências, as sínteses maravilhosas expressas nos objetos de arte, no prédio extraordinário de pedra e cal são pontos de representações de nossa cultura, mas, em verdade, essa cultura é um todo, um amálgama muito mais amplo e rico, cujo extrato dá o perfil e a identidade da nação.

Assim também a ideia de *paradesenvolvimento*. Enquanto o *metadesenvolvimento* – a expansão e desempenho dos grandes complexos empresariais – atua de cima para baixo, do centro para a periferia, o *paradesenvolvimento* cuidaria de incorporar ao desenvolvimento do país pequenos índices do espaço territorial, "etapa indispensável para que o metadesenvolvimento não se descuide da realidade nacional, acarretando a perda de identidade cultural e eventualmente afetando mesmo a soberania nacional". Com essa ideia de *paradesenvolvimento*, função primordial da política cultural, Aloísio pretendia inserir a Secretaria da Cultura do MEC no núcleo estratégico do Estado. Não conseguiu.

A terceira ideia transformadora daquele momento não era também, a rigor, novidade para intelectuais latino-americanos: *processo civilizatório*. Numa prática abandonada em seguida, o conceito autorizava os órgãos de cultura a investir seus modestos recursos nas zonas limítrofes das culturas existentes no espaço brasileiro – os contextos culturais variados que nos singularizaram – fossem urbanas ou rurais, de origem europeia, ameríndia ou africana. Os bens culturais passaram a ser identificados pela sua durabilidade no tempo, na suposição de que, por apresentarem continuidade temporal, acabariam por se projetar no futuro, não pela sua precedência popular ou erudita. A tarefa do Estado seria tão somente identificar, preservar e dar a conhecer esses bens a outras culturas com que interagiam. Uma espécie de efeito *corda de bloco*, visando a proteger, apenas proteger, os *processos culturais autônomos* (do Estado e do mercado) que brotam todo o tempo da dinâmica social.

Utilidade da inutilidade

A ANTIQUÍSSIMA QUESTÃO ética da autonomia do espírito, outro nome de cultura, se põe e repõe sem cessar na vida dos homens. No Brasil, e talvez de modo semelhante entre nossos vizinhos, a questão se apresenta como a da autonomia diante da política, tanto quanto, ao seu turno, a questão da política é a da autonomia diante da economia. Há anos o *pensamento único* se esforça para blindar a economia que, no seu entender, "vai bem", apesar da corrupção e mediocridade do jogo político: como um exército de pigmeus, a *classe* política e a mídia cerram fileiras diante de Liliput.

Na visão de alguns, sendo a cultura hoje uma comunicação de massa (rizomas e redes telemáticas substituirão rapidamente o rádio, os jornais, o disco, a publicidade, a tevê), se tornou possível uma nova política, indicada pela internet e sua "prática de generosidade".[10] A tecnocultura continua a ser, entretanto, uma definição a partir do lugar da política, lugar indicado atualmente pela imanência do mercado. Para libertar a cultura dessa definição, deveríamos pensá-la como campo de força no interior do museu de tudo.

Três sentidos principais instituiriam esse campo: a significação de não mercadoria, o *desejo sobrante* e os processos culturais autônomos. Só a articulação deles pode libertar a cultura, sua definição e prática, criando, assim, condições para, enfim, converter energia cultural em política – o problema magno de ambas em nossa sociedade.

---

[10] Ver, entre outros, PACHECO, Anelise. *Das estrelas móveis do pensamento. Ética e verdade em um mundo digital*. Rio de Janeiro, Civilização Brasileira, 2001.

A Tarefa (naquele sentido descoberto por Ti Noel de *O reino deste mundo*) do trabalhador da cultura, público ou privado, que afinal de contas é o intelectual, tenderá cada vez mais a se concentrar na *publisfera*, espaço engendrado pelo encontro da reprodução capitalista (que cria valor) com a reprodução estatal (que cria antivalor) em volta do Estado propriamente dito, espécie de cauda de cometa circundando um núcleo duro. A publisfera é o lugar da sua práxis.

Podemos fechar essas especulações com o mesmo poeta do começo:

Fazer o que seja é inútil.
Não fazer nada é inútil.
Mas entre fazer e não fazer
Mais vale o inútil do fazer.

III

SINGULARIDADES EXIGENTES

"Tua descendência povoará a Terra."

Mulher diante do cadáver de Caio Graco, 150 a.C.

Em 1991, fui convidado a um seminário de especialistas científicos em bioética.

Deviam supor que, como professor de literatura, eu teria o olho da imprecisão, da dúvida e, em última instância, da ironia capaz de se colocar no lugar do oponente a fim de revelar sua insensatez, seu erro implícito. Me movendo entre a história, a antropologia e a teoria literária, minhas considerações serviriam para problematizar ainda mais o que de si (a bioética) já é problemático. Algum tempo depois, querendo compartilhar com meus alunos aquelas considerações interdisciplinares (ou indisciplinadas), adaptei o paper *em que ousei falar em nome da "verdade do homem". Que nunca se soube qual é.*

Contam que Tales de Mileto (por volta de 640-457 a.C.) vinha pensando no significado dos astros para a existência, fitando o céu estrelado, quando caiu num buraco. Uma criada trácia, que se dizia serem as melhores da Grécia – como, no Brasil, as do interior de Minas –, bela e galhofeira, caiu no riso. Platão comenta: "À mesma gozação está sujeito todo aquele que se dedica à filosofia." Se a filosofia – entendida como o ato de pensar o que vem antes e, fazendo isso, pensar o próprio pensamento – já era inútil no tempo de Tales, que se dirá na idade da ciência e da técnica em que vivemos.[1] *No entanto, a filosofia não morreu. Como a ciência e a técnica não irão a lugar nenhum conhecido (ou preestabelecido), esse vazio de sentido só*

[1] LEÃO, Emmanuel Carneiro. *Aprendendo a pensar*, Petrópolis, Vozes, 2000.

pode ser vivido como contingência humana, preenchido pelo ruminar incessante dos fenômenos que a ciência e a técnica vão acumulando diante de nós. Os cientistas continuarão a produzir ciência, os filósofos a indagar sobre as razões de ser e as empregadas mineiras (sucessoras das trácias) a rir, cada vez mais sacanas.

Ciência e filosofia

NA PAUTA ATUAL DA BIOÉTICA ressaltam algumas questões: *vida, direito, desejo, corpo, razão, subjetividade, pessoa, identidade*. Todas, isoladamente ou em grupo, são séries de fenômenos que exploradas nos levariam longe, o que nos obriga, previamente, a um acordo sobre o que é bioética. O lacaniano Paulo Becker sugere que se trata de uma afetação da biotecnologia – o fenômeno assustador de nossos dias – pela ética, ao mesmo tempo em que lhe recusa uma competência específica. Admitir uma bioética, segundo ele, equivaleria a um salvo-conduto para qualquer pesquisa ou experimento contrário à ética: uma ética particular é a negação da ética.[2]

Mas o que *vem a ser* ética? Indagamos sobre o que *vem a ser*, não sobre o que está definido em dicionários de filosofia, tratados de direito etc. Na atualidade brasileira, é a defesa da corporação. Se um médico for acusado por um paciente de negligência (esquecer um tufo de gaze no seu abdômen, por exemplo), dificilmente se instruirá um processo judicial, pois os colegas de hospital o defenderão da acusação em nome da *ética*, ainda que a sustentação moral da acusação, do ponto de vista do paciente, tenha sido a falta de ética (nesse caso, irresponsabilidade) daquele médico. Outro exemplo: se um morador de um prédio levar um laudo de segurança "errado" a um outro especialista em segurança, este não denunciará o colega... em nome da ética. Da mesma forma, os políticos, os

---

[2] Ver *O Brasil e a bioética*, de Paulo Becker e outros, Rio de Janeiro, Espaço e Tempo, 1999.

policiais, os professores universitários, os técnicos de futebol – todas as corporações se defendem alegando *ética*. Curiosamente, esta definição não está longe da grega original, aquilo que decorre do *êthos*, o meio, a circunstância, associando comumente o termo a *oikos*, casa, lugar (Ortega y Gasset). Ética foi, na sua origem, o respeito à circunstância *da sua casa*.

Teríamos de concluir, assim, que a ética da tecnobiologia – o conjunto de seus procedimentos e valores – só pode ser definida pelos trabalhadores da corporação dos tecnobiólogos? E que, portanto, a sociedade envolvente pouco tem a ver com isso? E que, portanto, se queremos dar algum freio a pesquisas e práticas que nos ameaçam não adianta situar a questão em termos éticos? E que, portanto, ainda, o termo bioética não serve para revelar nada, mas para esconder?

Vamos, para raciocinar, responder afirmativamente a essas questões. Que caminhos podemos, então, tomar? Primeiro, o da conformação: chegamos ao *admirável mundo novo*. Segundo, denegar a tecnobiologia e esse seu subproduto que é a bioética (um conjunto de valores justificatórios criados soberanamente pela corporação dos tecnobiólogos) é impossível, já que *nada* pode parar o "processo assustador" da tecnobiologia. Entre a conformação e a denegação não haverá, contudo, como sempre, um caminho intermediário?

Será a biotecnologia de fato assustadora?

Certos fatos incomodam muito ao pensamento universalista e humanista, sobretudo o de esquerda. Admitimos que "o homem faz-se a si mesmo", mas não no plano biológico, recusando legitimidade a qualquer engenharia genética. Não nos parece legítimo de maneira alguma o ser humano mudar o seu corpo em laboratório. É possível, no entanto, contornar esse incômodo e aceitar a programação do corpo do homem como solução para problemas sociais e ecológicos? Há trinta anos, Arthur Koestler foi além: não era só possível, como a única saída para o beco sem saída em que a evolução meteu a nossa espécie:

> *Resumindo, a desastrosa história de nossa espécie mostra a futilidade de qualquer tentativa de diagnóstico que não leve em conta a possibilidade de que o* Homo sapiens *seja uma vítima de um dos inúmeros erros da evolução.* [...] *Não parece tarefa impossível neutralizar essas tendências patogênicas. A medicina já descobriu remédios para certos tipos de psicoses esquizofrênicas e maníaco-depressivas. Portanto, não será utópico acreditar que ela descobrirá uma combinação de enzimas benévolas que forneçam ao neocórtex a força para impor um veto contra as loucuras do cérebro antigo, corrijam os gritantes erros da evolução, reconciliem o sentimento com a razão, e catalisem a convulsiva transformação do maníaco em homem.* [...] E citando a si próprio*: A Natureza nos abandonou, Deus parece ter esquecido o telefone fora do gancho, e o tempo está se escoando. Esperar que salvação seja sintetizada num laboratório pode parecer materialista, doentio ou ingênuo; reflete o antigo sonho alquimista de elaborar o* elixir vitae. *Entretanto, o que esperamos não é a vida eterna, mas a transformação do* Homo "maniacus" *em* Homo sapiens.[3]

E se esta possibilidade de programação já estiver objetivamente posta pela dinâmica social, independente da nossa escolha – como no passado, por exemplo, a transfusão de sangue e, no presente, a transgenia? Pois, de fato, há duas maneiras iniciais de pensar a *realidade*. Uma é partir de um absoluto, uma ideia prévia, uma alma, um espírito, um *designer*, como se quiser chamar, em cuja perspectiva se organizam em nossas cabeças as coisas do mundo; na medida em que essa organização se aproximar daquela ideia universal, elas atingirão a sua plenitude – e deixarão de existir. (Nenhuma criada trácia ou mineira precisa se assustar com isso. Muito antes, o Sol terá se transformado numa anã branca, confirmando a previsão popular de que o próximo fim do mundo será pelo fogo.) É mais

---

[3] KOESTLER, Arthur. *Jano*, Rio de Janeiro, Melhoramentos, 1978, p. 32.

ou menos o esquema *idealista* (no sentido de essencialista) de ver a realidade. Hegel expressou essa ideia absoluta:

> *Assim também a lógica voltou, na ideia absoluta, àquela simples unidade que é seu começo: a pura imediação do ser, em que no princípio toda determinação aparece como extinta ou apartada pela abstração; é a Ideia quem por via da mediação, quer dizer, por via da eliminação da mediação, alcançou sua correspondente igualdade consigo mesma. O método é o conceito puro, que se refere só a si mesmo; por conseguinte é a simples* relação consigo mesmo, *que é o* ser. *Porém agora é também um ser pleno, ou seja, o* conceito que se concebe a si mesmo, *o ser como a totalidade* concreta *e ao mesmo tempo absolutamente* intensiva.[4]

Para Hegel, seria, talvez, assustador o que está acontecendo hoje: a tecnobiologia realiza o Apocalipse.

Mas há outra maneira de encarar as coisas do mundo, a que rejeita qualquer princípio absoluto a partir do qual elas sejam definidas. Para essa maneira, não há princípio absoluto algum, não existe nenhum sentido para a existência do universo e da história a não ser o que lhe damos. O que *está acontecendo* é apenas produto das interações da realidade, sendo o homem seu espectador ou não. A tecnobiologia se torna então menos assustadora, porque a pergunta "Para onde estamos caminhando?" não faz qualquer sentido.[5] Estamos caminhando para onde as interações da realidade estão nos conduzindo. Essa maneira que fundamentou, até aqui, a acumulação do saber científico, renuncia, pois, a qualquer teleologia (de *telos*, fim, final, e *logos*, discurso).

---

[4] HEGEL, G. W. *Ciência de la lógica*, Buenos Aires, Hachette, 1956, tomo II, p. 582.

[5] "Não apenas isso: os que vêm das humanidades é como se acreditassem na existência de um fundamento último, para as coisas e para a epistemologia do seu domínio de trabalho, e ou procuram desvelar um tal fundamento, ou a ele se opõem. Enquanto que matemáticos, físicos, químicos e biólogos são neonominalistas: para estes, não há fundamento. Ou se houver, não faz diferença – em algum momento será superado ou destruído." KATZ, Chaim Samuel e DÓRIA, Francisco Antonio (orgs.). *Razão Desrazão*, Petrópolis, Vozes, 1992, p. 13.

Na juventude, me encantou um romance de Somerseth Maughan, *A servidão humana*. Um rapaz decente, Phillip, se apaixona por uma garota vulgar, Mildred. Tantas ela apronta, como flertar na sua frente com seu melhor amigo, que ele decide se matar. Num bar da *rive gauche*, pergunta a um velho poeta decadente: "Qual é o sentido da vida?" Está aflito, sua dor é real. Por acaso, entra nesse momento um argelino, vendedor de tapetes com arabescos. O poeta compra um, pede uma tesoura ao garçom, corta um pedaço e presenteia Phillip. Muitos anos depois, superada a dor, superada Mildred, Phillip se prepara para casar – um casamento decente, com uma moça decente etc. Vai arrumar as malas de solteiro. Acha o presente do poeta. Olhando os arabescos sem começo nem fim daquele fragmento, compreende: tanto faz seguir uma ou outra linha, o sentido da vida só existe depois que você deu um sentido à vida.

Ciência e mercadoria

EM SUMA, NÃO HÁ QUALQUER loucura ou catástrofe: o que está acontecendo é apenas a extensão da mercantilização à engenharia genética. O balcão genético não difere muito de qualquer balcão, a não ser pelas consequências não calculáveis das suas transações. Por que cargas d'água aquele conhecimento não viraria mercadoria? A única base para se achar que não, é uma concepção de absoluto da realidade na qual a humanidade caminha para uma plenitude sem compra e venda. No começo do século XVIII, antes mesmo da invenção do tear mecânico, na ilha deserta de Juan Fernandez (Chile), com ajuda de uma cabra e um índio, Robinson Crusoé se rebelou contra o destino cinzento imposto pela mercadoria para, no final, de regresso à *sua* ilha, introduzir no paraíso a moeda e a pólvora. Qual Esfinge, uma questão atravessa o tempo desde Daniel Defoe (1660-1731): como controlar o poder da mercadoria?

Não se pode pedir calma a um sujeito cuja casa está pegando fogo, mas a chance de interromper a tragédia é agir com calma e método – não era o incêndio, afinal, tão grande quanto parecia. Não se pode impedir o triunfo da mercadoria (sic), mas é possível impedir que alguma coisa seja mercadoria todo o tempo. Pode a mercadoria suportar algum tipo de regulação? Deixar à solta a biotecnologia é, na melhor das hipóteses, uma espécie eficaz de suicídio coletivo – um suicídio já em curso, uma vez que, há pelo menos vinte anos, grandes laboratórios estão mexendo no patrimônio genético da espécie sem regulação e controle. Tanto quanto os que se lhe opõem, o fazem em nome da vida. Seu argumento preferido é de que a genética sempre se alterou, só que à nossa revelia.

Isto significa que a bioética chega *atrasada*. A elite mundial dos pesquisadores em genética trabalhou anos no Projeto Genoma Humano – "o maior passo da humanidade até hoje", segundo as seções jornalísticas de Ciência & Saúde. Que havia de assustador no Projeto Genoma? O patenteamento de material genético por seus pesquisadores, financiadores e acionistas. Isso se vai fazendo por etapas. Na primeira, se patenteiam os genes responsáveis por doenças – o da fibrose cística, por exemplo, prevalecente entre os caucasianos, ou da anemia falciforme, comum entre afrodescendentes e cuja presença, em forma recessiva, é responsável pela imunidade, respectivamente, à peste negra e à malária.[6] Na segunda etapa, o conhecimento de enfermidades genéticas (definidas por genes "defeituosos") deflagra um conhecimento em cadeia, privativo de especialistas – a anemia falciforme, por exemplo, tem sido de tal forma estudada que se desenvolveu a técnica de transfe-

[6] Muitos geneticistas acreditam que um dos motivos de o gene da fibrose cística ser tão prevalente na espécie caucasiana é que, de alguma maneira, esse gene em forma recessiva (quando a pessoa não tem a enfermidade, mas é portadora daquela informação) dá uma imunidade parcial ao que foi a peste negra. Eliminar aquilo do patrimônio genético é empobrecer o sistema. Outro exemplo é o do vigor do milho híbrido, conhecido desde o tempo mendeliano. Repentinamente, um grupo pequeno de indústrias multinacionais, ao plantar e comercializar apenas um tipo de grão, provoca a diminuição da sua diversidade genética.

ri-la para animais (se pode comprar um rato com anemia falciforme em Nova York por 5 dólares), de detecção em útero, de estudos populacionais etc.[7] Na terceira etapa, se patenteia a cura da enfermidade agora arquiconhecida: o paciente deverá pagar pela correção do gene defeituoso. Na quarta e última etapa, se patenteará o conhecimento da "normalidade genética", isto é, do patrimônio genético humano como um todo – não mais do tijolo, mas da casa inteira; não mais do conhecimento de enfermidades e sua cura, mas do código que nos torna doentes e sãos, semelhantes e desiguais. Dr. Silvana finalmente vencerá o Capitão Marvel: ele detém um pedaço de informação genética e é primeiro acionista do grande laboratório "Huxley-Strangelove and Company", o mais cotado na bolsa de Tóquio.

Esse é basicamente um processo de expropriação semelhante, em quase tudo, àquele que constituiu o capitalismo trezentos anos atrás. Nas duas décadas finais do século XVIII, na Inglaterra, os *open fields* e as *common lands*, permitidos pelos reis aos camponeses, começaram a ser cercados (*enclosures*) para criação de ovelhas, cuja lã se vendia às manufaturas urbanas, ou para produção de gêneros que se levavam ao mercado. Por essa *expropriação originária*, o "capital natural" constituído pela casa, as ferramentas de ofício, a clientela tradicional e hereditária, de que cada indivíduo desfrutava individualmente, organizado em comunidade, deixou de existir, primeiro na Inglaterra, logo por toda parte.[8] Foi substituído pelo "capital transformável em dinheiro", independente das coisas em que se aplique, possuído individualmente, também, mas por indivíduos não organizados em comunidade – em suma, um criador abstrato de riqueza a quem já não se podem pedir contas de nada. Como, pois, impedir, por analogia, que o patrimônio genético

[7] Devo essas informações, como as anteriores, ao dr. Henrique Levcovitz.

[8] "E veremos que esta chamada acumulação *originária* não é senão uma série de processos históricos que resultaram na *decomposição da unidade originária* existente entre o homem trabalhador e seus instrumentos de trabalho." MARX, Karl. *Trabalho, preço e lucro*, in MARX e ENGELS, *Obras escolhidas*, 2ª ed., 3 vols., Rio de Janeiro, Vitória, 1961, p. 358.

na atualidade seja "produzido" pelo capital, se toda a nossa existência, pelo menos desde aquela passagem apontada por Marx, se estrutura sobre esta abstração: o capital transformável em dinheiro? A primeira condição da produção capitalista foi que a propriedade do solo tivesse sido arrancada das mãos dos seus detentores diretos – assim começou a moderna civilização ocidental. Os futuros detentores do patrimônio genético, mais cedo ou mais tarde, o terão também privatizado, como última condição da reprodução capitalista. Assim caminha a humanidade.

Em nome de que os integrantes de outras elites (a científica, a política etc.) podem se opor? Em nome talvez da vida, mas o que é vida?[9] Seja qual for a definição (por exemplo: o atributo de qualquer coisa que se reproduza), a elite tecnobiológica e seus maravilhosos laboratórios também agem em nome da vida – o que não quer dizer que ajam em nome da *finalidade da vida*. Mas que *finalidade* tem a vida? Esta permanecerá objeto de pensamento, competência daquele segundo discurso em que, desde os gregos, se dividiu o conhecimento.[10] Bem, na ética como em outras disciplinas, o erro ou acerto começam pela pergunta que se faz. Podemos,

---

[9] Para a biologia, há vida quando há reprodução. A imprecisão começa aí, pois há gases que se expandem, cristais que se "reproduzem", substâncias químicas que fazem isso, em certas circunstâncias... Para a psicanálise, vida e morte não são de fato distinguíveis. Como resistência à morte, a vida se deve à morte. O intervalo da existência, é, de certa forma, aquele pedaço que ela conseguiu subtrair à morte. Do ponto de vista da sexualidade, há a pulsão de morte. Todo desejo vital é tributário, de alguma forma, dessa pulsão. Daí a necessidade de perder para ganhar, de perder algo da morte para ganhar algo da vida. Vida e morte no entendimento médico-clínico são, pois, muito diferentes do que no psicanalítico. Em princípio, se podem tratar todas as pneumonias da mesma maneira, é como aterrissar com piloto automático. Na psicanálise não há sequer piloto. Qual seria a definição freudiana da vida? Aquele objeto que me incomodou, que me causou dor, é um objeto vivo – por exemplo, aquilo que me deu uma canelada. Porque aquilo diante do que eu me percebo perecível, mortal, é aquilo a que eu atribuo vida.

[10] "O discurso da filosofia foi primeiro monolítico, o físico, depois Sócrates acrescentou o discurso ético e, em terceiro lugar, Platão o discurso dialético e levou a filosofia à completude." Diógenes Laércio, *Vidas dos filósofos ilustres*, apud LEÃO, Emmanuel Carneiro, *O problema filosófico da lógica*, in KATZ, Chaim Samuel e DORIA, Francisco Antonio (orgs.). op.cit., p.18

por exemplo, perguntar: a quem pertencemos, nós os humanos? Pois é certo que a melhor definição de existir é estar vinculado, pertencer a algo ou a alguém. Dessa circunstância jamais algo ou alguém escapou.

Os buracos do tecido

Essas considerações, talvez cínicas e pessimistas – sobretudo as *anti-humanistas* de Koestler – não significam que o ideal humanista morreu. Humanidade sem ideal de humanidade é um bom exemplo da hipótese autocontrariada. Não assim a proposição "o homem é uma criatura que se constrói a si mesma". Podemos, desse jeito, interrogar aquelas considerações à procura de algo além do terror. O homem tem a possibilidade de se destruir, mas *como*? Talvez a biotecnologia seja uma maneira. *Quem* pode destruí-lo? A elite tecnobiológica sozinha, as elites em geral ou *todos* nós. A primeira não se questiona sobre nada, fascinada pelo código magnífico – o "código dos códigos". A única coisa que Albert Einstein queria saber é como funciona a mente de Deus: "Eu não estou interessado neste ou naquele fenômeno. Eu quero saber como Deus criou o mundo, quais são os seus pensamentos. O resto é detalhe." Quanto a nós, podemos escolher: o fim oligárquico ou o fim democrático.

Penso que literatura, psicanálise, filosofia, amor e religião têm um fundo comum. São manifestações da tragédia do homem: tentativa de dar significado ao que de antemão não tem significado. Há cerca de quinhentos anos se opõem *heroicamente* ao significado mercadoria, o mais forte e humano de todos, uma vez que comprar e vender nada mais é do que exercer o *jogo* que nos humaniza. Somos humanos porque *jogamos*. A própria alienação, o vínculo, é um *jogo* – a fruição de uma música, por exemplo, o que é senão a expectativa de *não ouvir* o acorde seguinte, quando sabemos que o ouviremos? Nesse sentido, não há diferença entre uma peça de

Mozart e um rock de fundo de garagem; só a chamada música aleatória escapa à contingência de insatisfação-satisfação, frustração-realização, incerteza-certeza que caracteriza todas as demais, mas ela é, para a maioria das pessoas em nossa civilização, irreconhecível como música.

Tomemos o método psicanalítico, quase um gênero literário: pela *narração* ele distende o que estava concentrado. Ao distender, ao esgaçar como um tecido, abre buracos por onde olhar, e, portanto, se se quiser, por onde agir. Penso que com a biologia acontece o mesmo. A tecnologia genética está levando a um extremo limite as potencialidades da coisa viva, a ponto de temermos pela própria vida. Mas isso significa, somente, que a noção de vida se esgarçou e, ao fazê-lo, deixa ver a coisa inesperada, surpreendente, que não constava do *script*. Desconfiemos do catastrofismo da mídia quando noticia o *admirável mundo novo* da ciência: ele é um dos seus negócios.

A discussão sobre o significado de saúde parece estar nesse caso. Os avanços da tecnobiologia a tornaram uma discussão pública, seção quase obrigatória dos grandes jornais e revistas especializadas, acabando por adquirir a própria discussão valor de troca. Como manter a saúde, se pergunta o público: segregando a doença ou hospedando-a como a um estranho que se teme, mas do qual se precisa para garantir a própria identidade?[11] Da primeira forma, se obterão resultados setoriais mas, na média, se criam possibilidades de retorno, vulnerabilidades. As estratégias de tratamento do câncer, por exemplo, pouco têm a ver com uma compreensão do que seja o câncer – nos últimos trinta anos, não se avançou muito na concepção do que seja uma célula cancerosa, como se multiplica, a especificidade de cada câncer etc.[12] Os imunodepressores que atacam o "mal", a pessoa e tudo o mais, a rigor não representaram avanço na concepção dessa doença em particular, da doença como tal, nem do homem doente. Essa espécie de ideal homeostático

[11] Na verdade o público nada pergunta, só consome.

[12] Informação do dr. Paulo Becker.

facilita, aliás, o retorno mais destrutivo de certas doenças – a tuberculose, por exemplo, ou a dengue, que começou simples e hoje é hemorrágica. Vivemos a era das viroses – da vaca louca, da Aids, da febre da Etiópia...

A segregação da doença, além disso, converte o médico em único responsável por ela: *eu estou aqui para você me curar,* diz o bom paciente. Mas, ao mesmo tempo, o discurso que esse paciente vê na televisão e na publicidade é de que se fizer ginástica, se tomar certos produtos, não adoecerá: *se você adoeceu, a responsabilidade é sua*. Essa atribuição de responsabilidade parece, sem dúvida, mais democrática (ou *pós-moderna*) e se contrapõe à primeira forma. Indivíduos isolados insistem em fazer experiências *não científicas* com a timosina, com aspirinas, com interferon, com barbatana de tubarão (contra o câncer), reforçando condições imunológicas comunitárias, por assim dizer. Se quiser publicar suas conclusões na revista *Nature*, não conseguirá, mas as revistas de massa e as entrevistas nos canais *shoptimes* lhe garantirão audiência. O que aconteceu? Foi aberta uma contradição entre uma ciência de ponta, de grande investimento, e outra "guerrilheira", desconstruindo, de passagem, o conceito tradicional de saúde, que parecia dado para todo o sempre.

Seria ingênuo pensar que cessaram em nosso tempo os combates do homem. Contam que quando o cadáver de Caio Graco – um dos irmãos romanos que se bateram até à morte pela reforma agrária, em 150 a.C. – ia ser atirado ao Tibre, uma velha profetizou: *Tua descendência povoará a Terra.*[13] Essa profecia perturba hoje o "pensamento único". Haverá sempre quem espreite pelos buracos do tecido esgarçado, descobrindo significados diversos e/ou antagônicos da mercadoria.

---

[13] Tiberius (160-133 a.C) e Caius (154-121 a.C), os irmãos Graco, lutaram radicalmente por leis agrárias populares, quando Roma iniciava a expansão que a tornaria dona do Mediterrâneo. Iniciam a linhagem política que desde a Revolução Francesa se chama *esquerda.* Pensei que o episódio improvável se encontrasse num manual dos anos 1960, de Will Durant. Como não o localizei, pode ter sido interpolação de um dos meus professores do ginásio.

Bioética e pertencimento

A BIOÉTICA DEU NOVAS CORES à antiga discussão sobre o significado de corpo e, através dele, de pessoa, de identidade etc. Nessa discussão, mais do que em outras, é bom distinguir saber de conhecimento. O saber teórico sobre aquelas noções pode ser inútil – e com frequência é – se não passa pelo crivo de alguma materialidade; e, em nosso caso, quem diz materialidade diz, em primeiro lugar, sociedade brasileira. Apreciadas contra esse pano de fundo, é que as noções e categorias se transformam, e só aí, em conhecimento. Não se trata de reduzir todo saber à sociologia e história, mas de reconhecer a materialidade que fazendo, indiretamente, variar a cada momento histórico o *conteúdo de ideias*, torna inteligíveis os conceitos e as instituições, as proposições científicas e o sentimento religioso, as teorias críticas e os movimentos de arte.

Há alguns anos a Unesco convocou especialistas de diferentes culturas para um congresso em Bangcoc (Tailândia) propondo-lhes uma questão: *São os direitos humanos um conceito ocidental?* A maioria deles respondeu que sim, revelando um universalismo que não passava de hegemonismo disfarçado. No interior mesmo da civilização ocidental, onde a teoria nasceu e se desdobrou, a sua imposição desnaturaria o seu sentido original – democracia imposta, por exemplo, continua a ser democracia? É uma tautologia: os direitos humanos são os sentidos que instauram um campo de força gerador de... sentidos que o constituem. (Não se poderia, por exemplo, aplicar o sentido da dúvida metódica a ele mesmo.) Se é assim, a teoria dos direitos humanos só pode fazer sentido no âmbito da civilização ocidental, pois são os axiomas que a instauram. Bem se vê o quanto tudo isso tem a ver com a biotecnologia e a sua *moral*, que é a bioética.

Decorrem daí duas novas questões. A primeira é saber se, ainda que limitada à megamáquina ocidental, a teoria dos direitos humanos é justa. Sem dúvida, responderia a consciência de esquerda: os direitos humanos asseguram o melhor dos mundos sob o capitalismo. No Ocidente moderno, racionalista, antropocêntrico, individualista e tecnologista, eles têm realizado o máximo de dignidade e felicidade humana possíveis – mas é bom não esquecer os bolsões de miséria no Primeiro Mundo, a crescente pobreza nos EUA etc. Nos limites desse contexto cultural – o da megamáquina – sua ausência gera a fome e a tortura. Supor, contudo, que tenham o mesmo efeito em outros contextos culturais é se render ao universalismo mais vulgar, tomar o que deu certo aqui como verdadeiro e eficaz para toda a espécie. Há muito essa pretensão foi deixada aos missionários.[14]

Se os direitos humanos não são transplantáveis é porque os sentidos fundadores das culturas não são equivalentes – Brahma não é Deus, Exu não é Satanás. As equivalências foram um instrumento capital da dominação colonial, o que levou, por exemplo, nossos jesuítas a assimilarem o Jurupari tupinambá ao Diabo cristão. Raimon Panikkar, pensador indiano, propôs no lugar da equivalência a homeomorfia. O lugar dos direitos humanos é a pessoa-indivíduo consagrada pelo capitalismo triunfante. Numa sociedade em que os homens não se inserem por classe, mas por casta (como na Índia e na África), ou, combinadamente, por classe e por *ordem* (como no Brasil), aqueles direitos parecem uma "ideia fora de lugar". As próprias noções de classe, casta e ordem são, aliás, ocidentais modernas, encontrando o seu homeomorfo – não o seu equivalente, nem o seu análogo – na noção de *pertencimento*.

Existirão de fato homeomorfos dos direitos humanos na cultura popular brasileira (a expressão é enganosa, mas, numa sociedade de ordens, é a maneira de estar no mundo própria dos sem-privilégios, em destaque a sua religiosidade, em suas diferentes formas)? Uma das diferenças entre a cultura ocidental e as que lhe estão subordinadas, em nosso processo civilizatório, está no conceito de pessoa. Uma pessoa-indivíduo, como o concebemos na ordem

[14] Ironicamente, uma das contraditas à gramática universal de Chomsky veio do ex-missionário americano Daniel Everett, especialista em língua indígena pirahã. Entrevista ao "Mais", *Folha de S. Paulo*, 1/11/2009.

moderna, é como um nó isolado; na cultura popular (ordem arcaica), é todo tecido que está em volta deste nó, fragmento do tecido total que forma o real. Sem os nós o tecido se desfaria, mas sem o tecido os nós nem sequer existiriam.[15] Um homem e uma mulher, por exemplo, só terão os mesmos direitos e deveres se os considerarmos pessoas-indivíduos. Se os considerarmos pessoas-entidades – pertencentes a ordens distintas –, seus direitos e deveres serão diferenciados. Isto significa não haver justiça e felicidade na relação entre eles? Um ingênuo militante dos direitos humanos sequer admitiria essa pergunta.

Há na Índia um conceito que dizem ser de grande circulação, o *darma*. O termo é plurívoco, mas basicamente designa "o que mantém, confere a coesão e, dessa forma, a força a toda coisa dada, à realidade, e em última análise aos três mundos (*triloka*)". A justiça, por exemplo, é um *darma*: ela mantém justas as relações humanas. Pois bem, num mundo em que a noção de *darma* ocupa um lugar central, como pode ter sucesso o "direito" de um indivíduo contra o outro – como é pressuposto na teoria ocidental de direitos humanos? Ali, o primordial passa a ser o caráter *dármico* (justo, verdadeiro, consistente) de uma coisa ou de uma ação. *Darma* não é, ali, uma categoria de direito social, mas moral e epistemológica. Cada indivíduo possui o seu *svadarma*, isto é, um fragmento do *darma*, que ao mesmo tempo contém o todo e se opõe a esse todo. O dever de cada indivíduo é definir seu lugar na sociedade e no cosmo: nisso consiste o seu direito humano, ou melhor, o homeomorfo do direito humano ocidental (homeomorfo não quer dizer análogo nem correspondente). O indivíduo ocidental é uma abstração limitada, pois começa e termina em si mesmo. O indivíduo possuidor de *svadarma* é uma abstração ilimitada, pois integra uma cadeia: o ser humano encarna e é encarnação do *darma*.

Tudo isso pareceria longe da experiência brasileira. Não é. Temos em nosso país, no presente, convivendo com contextos culturais modernos e modernizantes, diversos contextos arcaicos – como

---

[15] Esta imagem e as informações sobre a religiosidade indiana tradicional que se seguem são do dr. Raimon Panikkar.

o *terreiro* baiano, por exemplo, território da tradição dos orixás – em que o conceito de pessoa é *oriental* (por assim dizer), incluindo a ancestralidade e a descendência, o fundamento e o destino.

O objetivo de toda especulação teórica, fora das ciências físicas e matemáticas, é saber como a sociedade funciona. O que se faz com esse saber, mesmo quando não se faz nada, diz respeito à responsabilidade e à ética – portanto, à corporação dos intelectuais.

Mas o que é sociedade brasileira? O que chamamos assim tem quinhentos anos de existência. Quatrocentos foram de escravidão. Esta é, portanto, a nossa tradição mais legítima, a que reside no fundo de qualquer invocação do passado para pensar e agir no presente, mas também o fator a se levar em conta no entendimento do direito e sua democratização, da política econômica e sua implantação, e assim por diante. A escravidão é o primeiro dos nossos fatores de "longa duração". Fernand Braudel, que consagrou o termo, o define como os gestos repetidos, as histórias silenciosas e como esquecidas dos homens, tudo o que teve peso imenso e rumor quase imperceptível.[16] É *assim* que parece funcionar a sociedade brasileira, mesmo alterada por ondas de modernização que se sucederam desde a metade do século passado. Como sentenciava Augusto Comte, "os vivos são sempre e cada vez mais governados pelos mortos".

Da falta à sobra

A TECNOBIOLOGIA CRIOU, também, para o direito uma situação nova. Este se caracterizou, até aqui, por ser normativo, estabelecendo normas a partir do consenso social. Os atos gerados pela tecno-

[16] Um bom exemplo de "longa duração" é o regime biológico da Europa (relação numérica entre vivos e mortos), que levou quatrocentos anos (de 1400 a 1800) para se alterar em favor dos vivos. Quatrocentos anos! Que historiador convencional contabilizaria esse fato? E, no entanto, sem ele nada teria mudado. Ver BRAUDEL, Fernand. *Civilização material e capitalismo*, Lisboa, Cosmos, 1970.

biologia se avolumaram, no entanto, de tal maneira, em tal velocidade, que não há consenso que lhe sirva de base.[17]

No seminário que mencionei acima, uma especialista[18] relatou o caso de uma alienada, no Rio Grande do Sul, que já ia na terceira gestação. Seu curador pediu autorização judicial para lhe fazer laqueadura de trompa. A questão de direito era simples: o doente mental perde ou não direito a seu corpo? O Tribunal gaúcho, tido como progressista, negou autorização a partir de um consenso "contemporâneo" – o direito ao corpo em qualquer circunstância – e aplicou a norma. Esse conceito tradicional de direito (consenso engendra norma) se torna, no entanto, problemático em casos de inseminação artificial. Quem é a mãe: a que doou o óvulo ou a que sustentou a gestação? A norma vigente é clara: o que define a maternidade é o parto, logo a mãe é a gestacional. Ora, isso pressupõe que a mãe biológica *pode* renunciar ao seu corpo (ao óvulo), criando um precedente, um problema para a norma.

Outra especialista,[19] a seu turno, relata o caso de uma mãe que, alugando uma barriga e um óvulo, tentava que o DNA fosse seu, a fim de que a criança nascesse com as suas características. Um clone disfarçado. O direito "biológico", desde logo, se tornava insuficiente (a criança teria duas mães biológicas; a rigor, teria inúmeras). Um terceiro[20] relata um caso de encomenda: o banco usou doação de terceiros e nasceu uma criança doente, que os encomendantes recusaram. Caso para o Serviço de Proteção ao Consumidor? No Rio Grande do Sul, uma história exemplar: o pai escondera de todos que ia fazer inseminação, a mulher era dele, só o sêmen não era. A criança nasceu negra, acharam que a mulher o traíra e ele processou o banco de sêmen. Venda de filho trocado é dano: res-

---

[17] A vida na Terra tem cerca de 3 bilhões de anos, a da nossa espécie, cerca de 3 milhões, a história da engenharia genética não chega a trinta. "E repentinamente você se vê diante do seguinte fato: então esse cromossoma xis tem gene de inteligência, vamos fazer uma pequena indução com cálcio, colocar nesse pequeno feto e ver o que acontece!" A perplexidade é do dr. Henrique Levcovitz.

[18] A dra. Heloisa Helena Barboza.

[19] A dra. Madalena Sapucaia.

[20] O dr. Ivair Ribeiro.

ponsabilidade civil? Que fazer com embriões congelados: jogar fora? Embrião é pessoa? A lei me assegura o direito de conhecer minha origem? No Brasil há dezenas de clínicas de inseminação artificial – e o direito começa a se haver com problemas que o senso comum julga do Primeiro Mundo; os nossos são meninos de rua, desabamentos de prédios... É uma pequena amostra da crise do direito no admirável mundo novo.

Diante dessa situação, os juristas têm duas atitudes: a tradicional (artificializar a norma, pois não há consenso que a justifique) e a pragmática (flexibilizar os juízos a partir dos problemas, não dos princípios). Em qualquer das atitudes, estamos diante da díade direito-desejo. Por exemplo, nas três formas de maternidade – a mãe ovular, a mãe uterina ou "de aluguel" e a mãe afetiva – estão em jogo a problemática do desejo como oposta ao direito de propriedade. Estamos em face de um *desejo sobrante*. Tanto a nossa literatura popular quanto a culta, como já escrevi, são pródigas neste tema: o *desejo sobrante*.

Já vimos como resulta interessante o uso da categoria *longa duração* na abordagem do que chamamos sociedade brasileira. A ciência psicológica, na sua forma ortodoxa ou na psicanalítica, pode desprezar a noção de sociedade? No sentido convencional (estrutura de classes e relações sociais) provavelmente sim. Alguma estrutura externa, algum "lado de fora", terá, no entanto, que admitir – algo que se institui como objeto precisamente com a ajuda das categorias da ciência psicológica (e psicanalítica). Retomemos agora a noção (ou categoria) *desejo*.

Janet Leigh

EM 1934 APARECEU *São Bernardo*, o segundo romance de Graciliano Ramos. É a história de um sujeito rude, Paulo Honório, que a golpes de esperteza e força se torna fazendeiro no interior de Alagoas. Vem a hora em que lhe falta um herdeiro e ele propõe casamento a

Madalena, professora solitária de Maceió, prendada, bonita. Tudo na fazenda é extensão do corpo de Paulo Honório: bois, construções, empregados, a preta velha que o criou. Ele quer *extensionar* Madalena e o filho que esperam, ela se recusa por um firme sentimento de humanidade. Paulo Honório se atormenta: Madalena, além de se recusar à coisificação, lê romances, escreve cartas. O mundo dele é São Bernardo e aí não há lugar para criaturas autônomas. O desejo de Madalena a converte em "comunista", o fantasma da época (Emília, a personagem de Lobato, era chamada pelos padres de "aquela boneca comunista"). Todos ali são alienados: Paulo Honório à propriedade, Madalena ao seu "comunismo", o padre à religião, Padilha, proprietário decadente, à bebida. Sobrevém a tragédia. Não podendo seguir *vinculada* ao seu humanitarismo, não querendo se *vincular* como coisa ao marido, Madalena só tem uma saída: a *desvinculação* pelo suicídio. E Paulo Honório? *Transfere* sua *vinculação* para o texto: nos conta sua vida, enquanto corujas piam no sótão. Só restam a propriedade, a morte ou a escritura, parece dizer *São Bernardo.* Esta é uma das leituras do livro de Graciliano.

Essas considerações parecem nos afastar do tema principal – a bioética, entendida como interpelação da biotecnologia. Na verdade não nos afastamos, ao contrário, repomos as interpelações principais – "o que se pode fazer do corpo humano?" e "a quem pertence esse corpo?" – ali onde elas devem estar: no *campo de forças* que se convencionou chamar sociedade brasileira. Pois não vemos, com efeito, como se pode produzir conhecimento em ciência social e/ou psicológica senão sobre esse objeto. Reside mesmo aí a distinção entre saber e conhecimento: o primeiro é a soma das coisas que provei (a raiz de saber é *sapor*, sabor), o segundo a troca de saberes que só posso realizar quando cotejo o que provei, o que é de meu saber particular, com o que é saber de outros.

Podemos voltar agora à noção de sociedade brasileira, redefinindo-a. Sociedade brasileira é o conjunto de relações sociais estruturado sobre a posse, pelo que chamamos branco, do corpo do outro, que chamamos preto (ou negro, ou afrodescendente etc.);

a sua negação é o que chamamos História do Brasil. As sociedades, como os indivíduos, podem adoecer e, uma das possibilidades de isso acontecer é quando a vontade de gozar do outro destrói a estrutura simbólica sobre a qual ela se ampara, impossibilitando o desejo. Nessas circunstâncias, não havia desejo do branco sobre o negro, ele estava impossibilitado de desejar pelo regime em que era o dono do corpo do outro – concebido como extensão do seu, corpo extensional. Mas o negro não tinha essa impossibilidade, ele pode desejar o corpo do outro negro – que não é extensão do seu – e mesmo o corpo do branco, havendo para isso uma só condição: que ele projete esse desejo fora da sociedade escravista, isto é, que ele se oponha simbolicamente à sociedade escravista, identificando seu desejo, mas não sua consciência, com a destruição dessa sociedade, representando-a no sonho ou na arte. Só o escravo, advertiu Hegel, pode se libertar a si e ao amo. Se pode argumentar que essa especulação diz respeito somente ao passado da sociedade brasileira – a modernização dos nossos padrões de acumulação, desde a metade do século XIX, bem como o processo civilizatório recente, teriam sepultado para sempre a dialética amo-escravo. Pode ser que não.

Há cinquenta anos, Janet Leigh era uma das maiores estrelas de Hollywood. Protagonizou, por exemplo, *Psicose*, em que um esquizofrênico, Norman Bates (Anthony Perkis), dono de um motel, a assassinava a facadas sob o chuveiro (Hitchcock teria filmado o olho vidrado da morta de setenta posições diferentes, durante 45 segundos). Por aquela época, minha família trouxe dos arredores de Bicas, Minas, uma adolescente para ajudar na limpeza da casa etc. Mais que tudo, ela se impressionou com as propriedades alvejantes da água sanitária (a cândida dos paulistas). Uma tarde em que ficara sozinha encheu a banheira e misturou cerca de dois litros do líquido maravilhoso. Acabou no pronto socorro seu sonho legítimo de ficar branca. Com o tempo, esquecemos como se chamava, pois ganhou o apelido de Janet Leigh.

É possível a um observador (como eu) situado na terra de ninguém entre filosofia, história e teoria literária contribuir para o debate, cada vez mais generalizado, sobre bioética? O leitor decidirá. O que propus foi aplicar duas categorias conhecidas – *longa duração* e *desejo* – à abordagem da sociedade brasileira, o que nos permitiria chegar ao seu fator estruturante ao longo do tempo: o *desejo sobrante*, ou o desejo arcaico. A negação desse desejo constituiria o que chamamos História do Brasil. O que chamamos, tradicionalmente, por este nome – o que nos ensinam nas escolas, o que vemos nos museus, o que ouvimos nos discursos cívicos e, até mesmo, o que, depreciativamente, chamamos de "samba do crioulo doido" – é um desejo de evolução histórica, o desejo das elites. A imposição desse desejo como realidade é um aspecto da sua dominação sobre o outro. Dele escapam, sem cessar, fatos e episódios que não se encaixam na linha evolutiva que vai do Descobrimento à unidade nacional. Não são singularidades simples, mas expressões de desejos que vão se acumulando à margem da linha evolutiva, como borra ou resto. Como desejo, exigem satisfação, são *singularidades exigentes*. Desejo, enquanto categoria específica da psicologia freudiana, é uma falta; transplantada para o campo da história, aparecerá como resto ou sobra.

Se essa especulação tem algum fundamento, poderíamos interpelar duplamente os historiadores e os psicólogos: os primeiros por escreverem uma história sem fundo e sem ironia, os segundos por analisarem uma psique sem superfície e sem verdade. Que a bioética tenha propiciado essa interpelação inútil – no sentido da sacana escrava trácia do *Teeteto* – não é o menor dos seus serviços e demonstra, ao mesmo tempo, a necessidade da troca de saberes na produção do conhecimento. Se alguma vez quisermos entender Janet Leigh.

IV

A CILADA E A FALHA

Eu não sou sinhô Moço Cazuza, não, eu sou Pai José.

História nordestina.

Quando o Brasil comemorou quinhentos anos de vida, recomendei aos meus alunos as exposições Imagens do Inconsciente *e* Negro de Corpo e Alma.[1] *Apesar de matriculados na maior faculdade de letras do país, muitos nunca tinham pisado em um museu. Meu objetivo não eram as informações, valiosas em si mesmas, sobre a "arte dos loucos" e a "história dos negros", mas levá-los a descobrir, tanto numa quanto na outra, uma falha – a falha onde a literatura se instala. Não como arte pela arte, mas como fator de humanização.*

A literatura torna real o que a história esqueceu, disse Carlos Fuentes. Como os historiadores nunca trabalham com o "se" – a história simplesmente foi o que foi –, a literatura se encarrega do que ela nem sempre foi. Por isso, é sempre equívoca.[2] *Nem é outro o sentido daqueles versos de Fernando Pessoa/Álvaro de Campos:*

Que é da minha realidade, que só tenho a vida?
Que é de mim, que sou só quem existo?[3]

---

[1] Grande Mostra do Redescobrimento, promovida pelo governo federal.

[2] "A religião é dogmática. A política é ideológica. A razão deve ser lógica. Mas a literatura tem o privilégio de ser equívoca." Carlos Fuentes, no Quinto Festival Internacional de Literatura, em Berlim, setembro de 2005.

[3] O poema é "Pecado Original".

Cilada no museu

No fundo de *Negro de corpo e alma* havia uma galeria de retratos em óleo sobre tela. No centro, o de um mulato. Autor: Vitor Meireles de Lima. Ano: 1862. De quem era? Antônio Carlos Gomes (1836-1896). "Jamais podia imaginar", me disse mais de um aluno.

Em nossas cabeças, celebridades históricas são machos brancos. Achamos que mulher, índio e negro (neste caso tirando samba e futebol) nada fizeram de notável. Descobrir que, além do compositor de *O Guarani*, também André Rebouças (1838-1898), pioneiro da nossa engenharia pública, Juliano Moreira (1873-1933), fundador da nossa moderna psiquiatria, Machado de Assis (1839-1908) e tantos outros "pais da pátria" eram negros ou mulatos – num país em que se costuma *branquear* ao subir de classe – fez cair o queixo a meus alunos.

Minha segunda intenção era outra. Eu queria demonstrar que sem a expressão literária *faltava* alguma coisa essencial a esses fatos. Afinal, para mostrar que alguém é negro, ou branco ou mestiço, bastaria mostrar o seu retrato. Bastaria? Para começar, uma pessoa pode ser negra, ou preta ou "escura", ou "morena", num estado brasileiro e não ser em outro. Muitos brancos baianos, por exemplo, contam que, ao se mudar para o Sul, passaram a ser vistos como negros; e na linguagem comum de Salvador há o "branco da Bahia". Mudar de "raça" conforme o fundo é uma peculiaridade brasileira. Malcon X (1925-1965), o revolucionário negro assassinado, conta uma experiência impossível no Brasil. Sua mãe, de pele clara, tinha um emprego reservado a brancos. Um dia houve uma briga dos irmãos e um deles teve de procurá-la no trabalho. Foi demitida na hora.

A presença do negro na civilização brasileira foi além do plano propriamente social – propriamente, porque tudo que se refere ao homem não pode ser senão social. Naquela exposição montada pelo escultor Emanoel Araújo (1940-), ele próprio um artista versátil, se descobre que o *corpo* e a *alma* do negro são, afinal, os do brasileiro. Não um pedaço, um segmento em separado (quantos são os negros no Brasil? 10%, 40%, 60%, depende do critério), mas todo o *corpo* e toda a *alma* (um dos nomes de cultura), inseparáveis do que é branco, do que é indígena e do que, mais recentemente, em dose menor, é oriental, eslavo, germânico etc. O que se quer dizer, por exemplo, ao falar de *civilização brasileira*? Que o casamento de quinhentos anos, nem sempre tranquilo, daqueles povos e culturas, resultou numa *outra coisa,* complexa e sofisticada, que somos nós.

É de Gilberto Freyre essa síntese: "O brasileiro é negro nas suas expressões sinceras." Isto é: quando ri, quando canta, quando briga, quando faz amor, quando joga... "Expressões sinceras", nos ensinou a psicanálise, seriam as do inconsciente, aquilo que se *é realmente*, mesmo driblando a consciência. O andar da *garota de Ipanema*, o violão de João Gilberto, os "modelitos" de Carmen Miranda, a ginga de Zico (ou Heleno, ou Falcão), a poesia de Manuel Bandeira – ali, por baixo da *maneira* desses brancos de pele, está a alma do negro. Se esconde a sua presença viva. Assim se abre o quarto capítulo de *Casa-Grande & Senzala*:

> *Todo brasileiro, mesmo o alvo, de cabelo louro, traz na alma, quando não na alma e no corpo – há muita gente de jenipapo ou mancha mongólica pelo Brasil – a sombra, ou pelo menos a pinta, do indígena ou do negro. No litoral, do Maranhão ao Rio Grande do Sul, em Minas Gerais, principalmente do negro. A influência direta, ou vaga e remota, do africano.*[4]

É também o caso da fala brasileira. Pierre Verger (1902-1996) me confidenciou, certa vez, invejar os estudantes nigerianos na Bahia. Com dois, três meses, na terra falavam português sem sotaque, enquanto ele o tentava, sem sucesso, há quarenta anos. "É que o acento da fala baiana é nagô" (ou iorubana), concluía. Mas não só a fala baiana. Também a "língua brasileira" em geral, do

---

[4] FREYRE, Gilberto. *Casa-Grande & Senzala*, Brasília, Editora Universidade de Brasília, 12ª ed., 1963, p. 331.

Oiapoque ao Chuí (como se dizia antigamente), manifesta o *substrato* negro-africano:

> *No Brasil, uma das formas do racismo antinegro mais arraigadas na alma brasileira é aquela que procura reduzir todas as línguas africanas à condição de "dialetos". Entretanto, essa formulação racista não tem a menor consistência: um dialeto nada mais é que uma variação que uma determinada língua apresenta de uma região para outra; ou um falar regional dentro de uma comunidade onde predomina um falar mais amplo de onde aquele se originou. Assim, ao contrário de línguas como o quimbundo e o quicongo, que possuem suas variantes regionais, o português falado no Brasil, sim, é que – como afirma Renato Mendonça – poderia ser um dialeto desdobrado em várias formas subdialetais. E o fator que mais certamente contribuiu para tornar esse Português do Brasil uma variante da língua falada em Portugal foi a presença africana na vida brasileira desde o século XVI.*[5]

Foram as amas de leite da Colônia, ainda africanas ou já brasileiras, quem ensinaram meninos e meninas da casa-grande a falar um português macio, sem os erres duros de Portugal, sem suas consoantes guturais. Fizeram com as palavras o que faziam com o peixe: separaram as espinhas, o amolengaram com a mão para a boca dos futuros ioiôs e iaiás. Ficou uma língua suave, cheia de diminutivos: Dindinha, Toninho, comidinha, amorzinho... (Gilberto Freyre).

O substrato negro-africano (neste caso, via negro-brasileiro) do Brasil se encontra em nosso processo civilizatório ocidental moderno. Nas últimas salas do Museu Picasso, em Paris, reservadas às influências que o autor de *Guernica* recebeu, vi uma escultura de Mestre Didi, Deoscóredes M. dos Santos, alto sacerdote da tradição dos orixás (candomblé). Filho da lendária Mãe Senhora (1900-1967), Didi pertence a uma linhagem afro-brasileira com

[5] LOPES, Nei. *Dicionário banto do Brasil*, Rio de Janeiro, CCS da UERJ, s/data, p. 19.

raízes milenares na África. Seus orixás em búzios, contas, couro e nervuras de palmeira reatualizaram no Brasil as premissas da arte africana – o minimalismo, o assombramento da existência, o vitalismo. Talvez a escultura seja a primeira das artes africanas. Ela dá às suas cidades, da Costa do Marfim a Moçambique, do Sudão à África do Sul, por menores que sejam, a impressão de museus ao ar livre.[6] A escultura de Didi está no Picasso para informar ao visitante que a arte africana foi uma das origens da moderna.

Moça sentada

Uma terceira presença na exposição de Araújo era a do negro *assimilado*, fronteiriço de outras culturas. Eles se sucedem desde a fundação, em 1815, da Escola de Belas Artes. Um Antônio Rafael Pinto Bandeira (*Moça sentada*, óleo sobre tela, 1890); uns irmãos Timóteo da Costa, João e Artur (*A dama de verde*, óleo sobre tela, 1908); um Pedro Campofiorito (*Menino com laranja*, óleo sobre tela, 1910); ou, enfim, um especialista em naturezas-mortas, como Estevão Roberto da Silva (1851-91). Diversos alunos – e, como disse, alguns entravam numa exposição pela primeira vez – me disseram ter tido uma espécie de iluminação (*insight*, preferiam dizer) sobre o que eu chamara, até então com exemplos exclusivamente literários, *conteúdo de ideias* de uma época (no caso, a segunda metade do século XIX).

[6] A exposição *Negro de corpo e alma* exibe uma boa série dessas esculturas. Dos afro-brasileiros, como Agnaldo Manoel dos Santos, Chico Tabibuia, Maurino Araújo e outros, se passa às máscaras, como, por exemplo, a impressionante "Máscara de dança da sociedade Gueledé", em madeira; ou ao par de Ibejis (o Cosme e Damião católico) em madeira e búzios. Nunca o público brasileiro vira um conjunto de escultura africana desse nível.

Viram naquele *Par de tocheiros antropomórficos* (Portugal, século XX), ou naquele *Retrato dos anões da Rainha Maria I de Portugal* (1787, óleo sobre tela, José Conrado), que o negro subverte o imaginário ocidental há pelo menos quinhentos anos. O *etíope*, o *filho de Cam*, o *mouro* são na literatura e arte ocidentais uma presença formidável e intrigante. É que o Ocidente concebeu o negro como o primitivo do branco. Depreciado, recalcado, temido, estereotipado como "escravo bestial", "mestiça luxurienta", "crioulo burro" etc., ele retorna em forma de arte, fantasma ou monstro, onipresente, desafiador. O retorno do outro como fantasma não é, aliás, exclusivo do branco em face do negro: "Os alemães são um grande povo, mas nunca se sabe quando eles viram macacos", alertava Henry Morgenthau Jr. (1891-1967), secretário do Tesouro americano, após a Segunda Guerra.

Mesmo o público estudantil que costumamos encontrar nas exposições – desatento, abusado – se rende aos documentos da "grande tragédia" que foi o tráfico negreiro. Meus alunos paravam curiosos diante de *Navio negreiro* (anônimo), espécie horrenda de sardinha em lata. Se intrigavam com o *Quilombo de São Gonçalo*, croquis raríssimo do século XVIII. Surpreenderam uma professora primária explicando à sua turma que, apesar de a escravidão brasileira ter sido suave (sic), *aquilo* que viam numa estante comprida eram instrumentos de tortura: anjinhos, tronco, gargalheira, chicote.

Negro de corpo e alma foi única, no Brasil, pela quantidade e qualidade das peças exibidas. Não peças quaisquer, mas de relevância estética e histórica. Além disso, fez uma proposição ao visitante: o *mal maior* da escravidão foi separar *corpo* e *alma* do negro, de forma que a sua história tem sido a luta para superar essa divisão, se integralizar como pessoa humana. "Fôlego vivo", "besta falante", "Como se podem recusar escravos e alimárias por manqueira e outros defeitos", assim a legislação até o século XIX se referia a eles. Trazido ao Brasil como corpo, o negro teve de lutar em duas frentes: para manter a integridade desse corpo e, ao mesmo tempo, construir uma nova *alma*. A arte foi, talvez, o principal dispositivo dessa luta. Nosso senso comum vê o escravo como "coisa", mas ficou claro, nessa exposição, que não se pode, em qualquer circunstância, transformar alguém em coisa. Meus alunos captaram a mensagem do curador Emanoel Araújo. Esta a *cilada* que lhes armei.

Bife a cavalo

SEBASTIÃO PRATA, o Grande Otelo (1915-1993), me contou mais de uma vez como e por que se tornara ator. Menino em Uberlândia, sempre que uma companhia de teatro do Rio ou São Paulo se apresentava na cidade, o elenco ia jantar, após o espetáculo, no seu único restaurante. Os garotos pobres espiavam da porta. Os atores pediam bife a cavalo (*bife à cavalo*, sic, no cardápio). Naquelas noites, Otelo jurava a si mesmo ser ator para um dia pedir bife a cavalo. Até que explique melhor ao leitor, chamarei de manha a confissão de Otelo.

Em junho de 1973, preso político, eu subia para o regulado banho de sol uma escada do Presídio do Hipódromo (São Paulo). Cruzo com o "xerife" Cidão, negro alto e forte, assaltante à mão armada. Me interpelou:

– Qual é a tua manha, neguinho, para ficar com os terroristas?

Os presos políticos haviam *conquistado* chuveiro quente, cozinha exclusiva, visita mais longa. Inútil explicar a Cidão que havia presos políticos pretos – cerca de dez no país inteiro. Cidão queria a fórmula. A sua dera em mais de cinquenta anos de cadeia, sem contar *pepinos* ainda não investigados. Exigia, na escada, a minha manha.

Conta John Mawe (1764-1829) que a primeira coisa que os trabalhadores velhos de Minas ensinavam aos *moleques* e recém-chegados da África era como roubar diamantes. Treinavam com feijões, atirando-os de longe para a boca aberta; em seguida, como esconder os muito pequenos nas dobras dos dedos: "Os negros palmam os diamantes até com os dedos dos pés, onde os conservam algumas vezes horas inteiras, e os levam neles para as senzalas." [7] Outra manha: enfiá-los nas narinas, fingindo aspirar rapé, o que exigia, pelo menos, deixar crescer as unhas. Mas o recurso predileto era mesmo engolir, e o castigo para o suspeito, purgante de pimenta malagueta em cela forte.

Apesar de negócio como qualquer outro, rendoso e bem organizado, o tráfico transatlântico de escravos (houve outros em outras partes do mundo) foi nos seus quase quatrocentos anos essencialmente violento, não mais, é verdade, que as ondas de globalização posteriores:

> [O traficante Félix de Souza] *Podia concordar em que era um ofício perverso, mas também o eram o do carrasco, o do carcereiro, o do magarefe, o do bandarilheiro, o do soldado e tantos outros – só que o seu dava mais lucro e podia transformar em poucos anos um simples caixeiro num capitalista ou um joão-ninguém num homem rico.*[8]

A rebeldia foi o cotidiano do negro brasileiro. Em 1584, na sua *Informação dos primeiros aldeamentos*, Anchieta já referia uma rebelião de escravos. O negro brigou, ainda na África, contra *pombeiros* (agenciadores do tráfico), contra a tripulação dos navios negreiros, contra senhores, feitores, capitães do mato, índios e outros negros. Brigou de lança, flecha, alfinete (bás o enfiavam nos ouvidos dos

---

[7] Mawe, um grande viajante, saiu de Cádis, Espanha, em 1804, aportando em Montevidéu, onde ficou preso, como espião inglês, até 1806. Andou pela nossa região mineradora em 1809 e 1810. Em seu livro, *Viagens ao interior do Brasil, principalmente aos Distritos do Ouro e dos Diamantes* (Rio de Janeiro, 1944), também deixou rápidas observações sobre o litoral de Santa Catarina e São Paulo e o interior do Rio de Janeiro, mas de fato é precioso sobre os costumes, a organização e os processos de trabalho na mineração. Morreu em Londres, 1829, aos 65 anos.

[8] SILVA, Alberto da Costa e. *Francisco Félix de Souza, mercador de escravos*, Rio de Janeiro, Edeurj/Nova Fronteira, 2004, p. 143.

bebês brancos). Abortavam, enrolavam a língua até a asfixia, bebiam vômito de variolado. A luta organizada contra a discriminação sociorracial no Brasil (2009) tem, ao contrário do que se diz, uma comprida tradição por trás de si.[9]

A luta aberta admitia, porém, uma alternativa: a manha.

Um grande manhoso, por exemplo, foi o "herói" Henrique Dias, morto em 1662, premiado com o "eterno reconhecimento da Pátria" pela mão que deu aos senhores lusitanos na expulsão dos *invasores* holandeses. Vem depois uma lista comprida de *negros manhosos* – Caldas Barbosa (1740-1800), Montezuma (1794-1870), Torres Homem (1837-87), André Rebouças (1838-98), Machado de Assis (1839-1908), Nilo Peçanha (1867-1924).[10] Criaturas mais ou menos escuras que, assimilando as regras do jogo, em princípio adversas, triunfaram no mundo dos brancos. Essa dubiedade existencial se encontra no fundo de suas obras artísticas, literárias ou políticas como escreveu, sinteticamente, a respeito de Machado de Assis, Astrogildo Pereira (1890-1965):

> *A negação ou afirmação aparecem e andam de braço dado em todos os seus livros – ainda quando parece negar demais ou negar somente, sabido que a negação de uma negação anterior equivale em regra a uma afirmação posterior.* [11]

Machado tinha a fórmula que Cidão me cobrou a caminho do sol.

---

[9] Quanto à estratégia, as lutas de escravos negros foram, sumariamente: enfrentamento individual ou coletivo, sem formação de comunidade alternativa; fuga coletiva, com formação de comunidade alternativa (quilombo); participação em rebeliões de outrem; rebeliões pela tomada do poder; quanto à tática: ações criminosas; guerra de movimento, guerrilhas, conjuração, insurreição.

[10] No entanto, André Pinto Rebouças (1838-1898), engenheiro de grande prestígio e político de centro-esquerda (diríamos hoje) teve a morte (talvez suicídio) de um lutador. Estava na ilha da Madeira realizando projetos sociais.

[11] PEREIRA, Astrogildo. *Interpretações*, Rio de Janeiro, Casa do Estudante do Brasil, 1944, p. 15.

Mawe, Luccock, Saint-Hilaire,[12] viajantes pelo Brasil no começo do século XIX, se espantaram de ver em Minas tanto negro rico, dono de escravo. Um, Felipe Mina, quando surrava seus negros advertia: "Agora num vai dizê qui branco é mau." Branco era ele, naturalmente.

Na literatura oral[13] nordestina há o caso do *Negro Pachola.*

Morre o dono do engenho e a dona promove a *governador* (gerente) um africano, Pai José, que, imediatamente, passou ordem aos outros negros: de ora em diante, não o tratassem mais por Pai José, mas por Sinhô Moço Cazuza. Os negros obedeceram e quando o viam diziam: – *A bênção, Sinhô Moço Cazuza.* Muito concho, ele respondia: – *Bênção de Deus.* Não ficou só aí o seu orgulho. Quando chegou em casa disse para a senhora: – *Minha sinhá, quando Sinhô Moço Cazuza chegava em casa cansado, minha sinhá não mandava logo botar banho pra ele? Pois eu também quero.* No outro dia: – *Minha sinhá não mandava mulatinha esfregar costa de meu sinhô? Pois eu também quero.* Depois: – *E minha sinhá não dava camisa engomada pra meu sinhô vestir? Pai José também quer.* Até que acabou a paciência da mulher. Muniu dois criados de bons chicotes e mandou se esconderem no quarto do negro. – *Minha sinhá, quando meu sinhô acabava de tomar banho e de vestir camisa gomada, ia pro quarto pra minha sinhá catar piolho nele. Pai José também quer.* Mandou-o entrar para o quarto e já se viu. Pai José apanhou tanto que escapou de morrer. No outro dia, bem cedo, chegou na roça moído. Os negros o saudaram: – *A bênção, Sinhô Moço Cazuza.* Ele muito zangado: – *Eu não sou Sinhô Moço Cazuza, não, eu sou Pai José.* Os negros nunca souberam a causa daquela mudança.

---

[12] O comerciante John Luccock viveu no Brasil de 1808 a 1818. Seu *Notas sobre o Rio de Janeiro e partes meridionais do Brasil*, publicado em 1820, Londres, é um modelo da fonte histórica conhecida como "viajantes estrangeiros". O botânico Augusto de Saint-Hilaire, cuja *Viagem pelas Províncias do Rio de Janeiro e Minas Gerais* (1830), que me fascinou no penúltimo ano do curso de história, pelo resgate de pessoas e lugares tão distantes e ainda assim familiares, nasceu em Orleães em 1779 e lá morreu em 1813. Há traduções das duas obras em português.

[13] Folclore é o estudo da mentalidade popular e literatura oral sua expressão, ensinou Luís da Câmara Cascudo.

A mineração, atividade aleatória, de tecnologia africana, gerando uma sociedade vibrátil e complexa, foi a que mais favoreceu a mobilidade social, mas a lavoura açucareira permitia, também, em pequeníssima escala, esse *oportunismo* de oprimido: se estou condenado a esta sociedade, usarei dos seus meios para sobreviver e trepar (ou trepar e sobreviver, como foi o caso de uma personagem que lembrarei mais tarde). Havia *mimetismo*: quanto menos negro – e, por suposto, africano – eu for, mais oportunidade terei. E, enfim, *plasticidade*: quando isso me ajudar a viver e trepar, serei negro; quando não, não.

Regras do jogo

EM OUTUBRO DE 1883, foi morto no centro do Rio, com sete facadas e dois tiros de revólver, um jornalista negro. Apulco de Castro mantinha há três anos um pasquim *verrumeiro* (de verruma, calúnia), *O Corsário*, imprensa marrom que investia contra a vida privada de *homens de bem*, celebridades, políticos, militares, comerciantes, artistas e pasquins concorrentes, contanto que lhe pagassem ou Apulco vislumbrasse alguma vantagem. Um dos seus alvos foi José do Patrocínio (1854-1905), até hoje modelo oficial para pretos que queiram subir na vida com honestidade e inteligência. *O Corsário* apontava Patrocínio como aventureiro, vigarista, espertalhão, explorador venal do abolicionismo. Não estava longe, aliás, do juízo que Lima Barreto faria do *Tigre da Abolição*, vinte anos depois:

> *Quem conheceu o Patrocínio como eu o conheci, lacaio de todos patoteiros, alugado a todas as patifarias, sem uma forte linha de conduta nos seus atos e nos seus pensamentos, não acredita que pudesse ter sido, como dizem, o Apóstolo da Abolição.*[14]

---

[14] "Necessariamente, ele se serviu da coisa [a Abolição] como um meio de arranjar facilmente dinheiro, explorou-a em seu proveito, na parte pecuniária e na parte gloriosa.

Apulco de Castro foi, em grau máximo, o que chamamos hoje de *politicamente incorreto.* Num tempo em que os formadores de opinião eram, no geral, republicanos e abolicionistas, defendeu a escravidão, embora atacasse a monarquia, proclamando com todas as letras que negros nasceram para burros de carga. Fazia-o abertamente, colecionando desafetos, desde Patrocínio ("o preto cínico"), ao imperador ("esse safardana, esse miserável, esse malvado, [que] tenta ser santo quando é um criminoso que a justiça humana devia, merecidamente, condenar a sofrer a pena que o glorioso Tiradentes sofreu imerecidamente"), passando por Machado de Assis, iniciante no jornalismo, Capistrano de Abreu, Aluízio Azevedo ("O autor [de *Casa de pensão*] não tem elemento para se dizer romancista: é um tolo com fumaças de escritor").

O Corsário circulava em dias alternados, exceto aos domingos, formato padrão, quatro páginas pequenas. Aí por 1880, nenhum jornalista faturava tanto quanto esse preto baiano, talentoso, sem dúvida, para a intriga, o apelido, a *blague* desmoralizante, na venda avulsa e na escroqueria – sugerir que sabia do "podre" de alguém para lhe vender o silêncio. Sua senha para negociar era a assinatura "Um que sabe". O ministro da Justiça tentou lhe comprar *O Corsário* pela quantia (alta) de dez contos de réis (Patrocínio comprara a *Gazeta da Tarde* por quinze); como recusou, lhe rasgaram os exemplares e espancaram os vendedores. *O Corsário* só reapareceu um ano depois, cada vez mais atrevido e mais lido, agora com o dístico *Órgão de moralização social – Atacado, saqueado e incendiado pelo governo liberal, sendo ministro da Justiça M.P. de Souza Dantas e chefe de Polícia F. Trigo de Loureiro.*

Se pode ter uma ideia do *estilo* jornalístico de Apulco por este triolé contra o chefe de polícia:

Bêbado, burro, venal,
Ladrão, safado, brejeiro,

Isso ele o fez com o máximo interesse e a máxima baixeza. Eu sei bem que baixos móveis levam a altas cousas, mas isso não se deu com o Patrocínio." BARRETO, Lima. *Diário íntimo, Obras completas*, São Paulo, Brasiliense, 1956, pp. 97-98.

Sentina, infame, jogral,
Bêbado, burro, venal,
Alcoviteiro, chacal.
Tu és trigo de loureiro,
Bêbado, burro, venal,
Ladrão, safado, brejeiro.

Até que se meteu com oficiais do Primeiro Regimento de Cavalaria. Vinte deles o esperaram na saída da delegacia, onde fora pedir proteção, e o massacraram.[15] Apulco aprendera as regras, mas ao utilizá-las sem medida, a seu favor, na trilha de outros negros *safados* da vida real, como Henrique Dias, ou da ficção, como aquele Pedro de *O demônio familiar*,[16] acabou mal.

O aprendizado das regras do jogo – *estratégia de sobrevivência*, como dizem os antropólogos – é típico, mas não específico, do negro brasileiro. Em toda a América – até mesmo no Haiti que, à primeira vista, lembra a África em conserva – ele tirou sua roupa africana mas não vestiu integralmente a europeia, talhada para homens de outros meios, outras situações históricas. Fez nascer culturas novas, negro-americanas. O parto dessas novas culturas (e, dentro delas, o comportamento plástico do negro) foi lentíssimo, mas já era notável no segundo século da nossa colonização. Lentíssimo e doloroso, aqui como nos EUA, como se vê no best-seller de A. Haley, *Negras raízes*, ao narrar o encontro de Kunta Kinte, recém-chegado da África, com os negros antigos da fazenda. Um pardo tocador de violino se abriu com ele:

> *– Você tem que começar a esquecer essas coisas. Não vai mais conseguir sair daqui, por isso é melhor começar a aceitar os fatos e se ajustar. Está me entendo, Toby?*

---

[15] O atentado foi descrito, entre outros, por Carl von Koseritz (*Imagens do Brasil*, São Paulo, 1943, pp. 233-234 e 239), empresário jornalístico no Rio Grande do Sul, defensor da colonização alemã, crítico do latifúndio cafeeiro do Sudeste.

[16] Peça de José de Alencar, 1858.

Um brilho de raiva surgiu nos olhos de Kunta e ele gritou, impulsivamente:

– Kunta Kinte!

O pardo ficou tão surpreso quanto Kunta.

– Ei, mas ele fala! Mas tem que entender, garoto, que precisa esquecer todas essas coisas de africano. Os brancos ficam furiosos e os negros com medo. Seu nome é Toby. E a mim eles chamam de Violinista! [17]

Soropita

QUILOMBOS, *PALENQUES*, MARRÕES existiram por toda a parte, da Virgínia ao Uruguai.[18] O que a pesquisa histórica vem mostrando os afasta um bocado da África; são criações originais negro-americanas, como parece, por exemplo, indicar a arqueologia de Palmares (mais ou menos 1598-1690):

Após duas etapas no campo e alguns trabalhos publicados, ainda não temos dados suficientes para reinterpretar a serra da Barriga [capital de Palmares] *enquanto macrossítio arqueológico e, menos ainda, a organização política de Palmares no século XVII. Contudo, o fato de termos encontrado, prin-*

---

[17] HALEY, A. *Negras raízes*, Rio de Janeiro, Record, 1976, p. 219.

[18] De *palenque*, quilombo em espanhol. Na Colômbia, a legenda de Domingo, ou Benkos-Bioho, o rei africano que, para tirar a filha do sortilégio do patrão, se aquilombou, atravessa os séculos XVI e XVII. Inúmeros Biohos viveram naqueles dois séculos. Ver FRIEDMANN, Nina S. de e CROSS, Richard. *Ma Ngombe: guerreros y ganaderos en Palenque*, Bogotá, Carlos Valencia Editores, 1979; ARRAZOLA, Roberto. *Palenque, primer pueblo libre de América. Historia de las sublevaciones de los esclavos de Cartagena*, Cartagena, Ediciones Hernández, 1970; ESCALANTE, Aquiles. "Notas sobre el Palenque de San Basilio, una comunidad negra en Colombia", *Divulgaciones Etnológicas*, vol. III, número 5, Barranquilha, Universidad del Atlantico, Instituto de Investigación Etnológica, 1954.

cipalmente, cerâmica de tipo indígena é muito significativo, pois sugere que a mescla cultural no assentamento quilombola devia ser, a exemplo de outros casos, muito intensa.[19]

Dos três elementos básicos do conceito convencional de cultura – a organização social, a religião e a língua –, Palmares só foi relativamente africano no primeiro. Havia lá uma *escravidão arcaica* semelhante à de tantas sociedades daquele continente mas, até onde se pode usar a expressão, se praticava o catolicismo; o próprio Zumbi havia sido coroinha de certo padre Mello, de Porto Calvo, que lhe ensinou latim e história sagrada (com bom aproveitamento do negrinho manhoso, segundo Mello). Quanto à língua, provavelmente se falava em Palmares uma espécie de *pretuguês.*

Esse par de categorias rejeição-aceitação, briga-manha, atravessa toda a história do negro na América. Zumbi *versus* Henrique Dias. Negros *apalencados versus* negros que roubavam diamantes para comprar sua liberdade e escravizar outros negros. Negros bandidos como Cidão *versus* neguinhos manhosos no meio de presos políticos. Essa ambivalência do negro, em conjunto, divide cada negro em particular. Zumbi, símbolo máximo da resistência, teve infância manhosa, como já mostrei; Henrique Dias, símbolo da capitulação, teve momentos de rebeldia e altivez – e nunca conseguiu, aliás, os prêmios que buscou por sua fidelidade aos amos. Machado de Assis, que *aderiu,* deixou uma obra profundamente crítica; Lima Barreto, que *resistiu,* desejava intensamente entrar na Academia Brasileira de Letras, o que talvez lhe teria aumentado a autoestima.

A compreensão do fenômeno racial no Brasil tem, no geral, se limitado ao plano econômico-social. Houve, é verdade, algumas tentativas de situá-la nos planos ideológico e político, mas, provavelmente, só agora chegamos ao momento de mergulhar mais fundo, surpreendendo-o no plano velado dos desejos e afetos, privativo

---

[19] Pedro Paulo de Abreu Funari, "A arqueologia de Palmares – Sua contribuição para o conhecimento da história da cultura afro-americana", in REIS, João José e Flávio dos Santos Gomes, *Liberdade por um fio*, São Paulo, Companhia das Letras, 1996, p. 46.

da literatura. Nesse compartimento subterrâneo, a condição racial é uma "paixão" no sentido que lhe dava Aristóteles: "Entendo por paixão tudo o que faz variar os juízos, e de que se seguem sofrimento e prazer."[20] Ser negro implica uma dor e uma alegria determinadas; e, podemos supor, essa dimensão ambivalente – sofrimento e prazer – é essencial à compreensão do fenômeno racial e, logicamente, do racismo. É, em última instância, decisiva para a elaboração de estratégias na luta atual contra o racismo. A consciência racial do brasileiro médio, inclusive a do negro, é unívoca, quer se expresse nos manuais didáticos, na ficção canônica, no discurso político liberal ou no senso comum: somos um povo moreno claro, fusão de três raças; o negro entra com as manifestações elementares, o branco com as superiores, o índio com *otras cositas más*.

Para subverter essa consciência, é preciso refazer os conceitos de cultura, civilização, inserção social, classe e diversos outros, herdados da ciência social europeia. A literatura parece o trampolim para esse mergulho em outra dimensão (*plano anterior*, como chamei [21]) do fenômeno racial, até aqui relegada, pois o seu objeto, por definição, é a paixão – paixão como *pathos* (sofrimento) e como tendência existencial. A negritude, vivida como dor e prazer, simultaneamente, aparece no texto literário como reação ao estímulo externo do racismo.

Tomemos o exemplo do samba carioca (um Sinhô, um Manaceia, na atualidade um Luís Carlos da Vila), em que se sofre e se finge que sofre a um só tempo. Essa duplicidade, feita de narcisismo e deboche, se desenvolveu como uma das respostas possíveis do negro carioca à discriminação. Um exemplo literário, com outras variáveis, é *Dão-lalalão (o devente)*, de Guimarães Rosa, em que o

[20] Apud Gérard Lebrun, "O conceito de paixão", in *Os sentidos da paixão*, São Paulo, Companhia das Letras-Funarte, 1984, p. 19. E também de Leibnitz: "Prefiro dizer que as paixões não são contentamentos ou desprazeres nem opiniões, mas tendências, ou antes, modificação da tendência, que vêm da opinião ou do sentimento, e que são acompanhadas de prazer ou desprazer", idem, ibidem.

[21] SANTOS, Joel Rufino dos. *Épuras do social. Como podem os intelectuais trabalhar para os pobres*, São Paulo, Global, 2004.

sofrimento atroz do branco diante do negro só se cura ou diminui com um ritual catártico de submissão do outro. O *problema* do branco Soropita é o negro, isto é, o que ele *deseja* que seja um negro. E o *problema* do negro Iládio é que ele só pode ser um negro, isto é, um refém do *desejo* do branco. Nesses exemplos de *negritude* enquanto *tendência da alma* estamos diante da dor-prazer de ser negro, seja a pessoa negra, como no caso dos sambistas, seja a não negra, como no caso de Soropita, podendo ser experimentada, como num espelho, o direito como esquerdo e vice-versa.

Lixo pedagógico

EM NOVEMBRO DE 2001 fui convidado a um colóquio de africanistas em Évora, Portugal. É difícil a um brasileiro não se comover com suas pedras medievais e, de algum campanário esverdeado de musgo, olhando os campos em volta, não pensar que dali vieram, com u'a mão na frente, outra atrás, muitos de nossos antepassados.

Tendo me decidido por uma comunicação sobre os processos de inserção do negro e do português, em separado e combinadamente, na sociedade brasileira de fins do século XIX, comecei pela descrição do quadro histórico em que se decompôs, por um lado, a nossa escravidão e, por outro, o antigo patriarcalismo que vincara a sociedade colonial. Analisei, também, de passagem, a origem da nossa economia empresarial, o surgimento das classes média e operária e, com destaque, o nascimento da moderna ideia de Brasil, através das primeiras projeções ideológicas de nação. O negro que constituía, então, a maioria da nossa população passava pela adaptação à sociedade de classes (o que se entende por sociedade de classes, em nosso caso, é a organização social que, desde então, se ergue sobre o padrão capitalista de acumulação, o Brasil *visível*); o português, igualmente, enquanto antigo colonizador, passava por mudança demográfica e de comportamento em face do negro, principalmente. Supus, dessa forma, atender em tese às expectativas dos colegas africanistas e portugueses. Eu estava interessado nesta *falha*: aquilo que, por ser da ordem do desejo e do afeto, a história não diz.

Pode e deve, de fato, a crítica literária dar a compreender algo além do que os estudos históricos e sociológicos já demonstraram?

Já se gastou muita tinta e papel sobre a competência de *informante* sociológico da literatura. A sociologia da literatura, disciplina com método e objeto próprios, busca explicar, em última análise, o universo literário pelas circunstâncias sociais e vice-versa, sobretudo nos momentos em que a literatura, além de entreter, faz o papel de explicadora e normatizadora do mundo para uma determinada classe, como, claramente, foi o caso da nossa literatura culta na segunda metade do século XIX.[22] Não se trata aqui, exatamente, da velha questão da mediação necessária entre o social e o literário. Seja esta qual for, o objeto da crítica é algo externo à obra no *momento* em que se faz interno a ela. Se trata de saber se, por este método, a ficção desvela, através de alguma forma exclusiva, alguma parte do real que as disciplinas sociais, pela limitação de seus objetos e métodos, não alcançam.

No Brasil, somente a ficção desvela a *vida* do *povo* – entendido como aquela parte da sociedade que não fez a passagem para o padrão de acumulação moderno e capitalista, a humanidade que "se vira". A literatura seria, nesse caso, a *verdadeira* história do pobre – assim como a música popular, o enredo das escolas de samba, a arquitetura e a decoração dos mocambos, a literatura oral etc. –

---

[22] Sumariamente, o objeto da sociologia da literatura, imprescindível à crítica literária, é formado: 1) pelas condições sociais que explicam o conjunto de uma dada literatura, seus períodos e seus gêneros; 2) pela obra como informante de fatos e aspectos sociais; 3) pelas relações entre a obra e o público; 4) pelo autor como intelectual em sua função social; 5) pela função política das obras literárias; 6) pela origem da literatura e suas transformações decorrentes do desenvolvimento geral da sociedade. Ver, entre outros, CANDIDO, Antonio, *Literatura e sociedade*, São Paulo, Companhia Editora Nacional, 1967; GOLDMANN, Lucien, *As ciências humanas e a filosofia*, São Paulo, Difel,1970; BAKHTIN, Mikhail. *Questões de literatura e de estética, a teoria do romance*, São Paulo, UNESP/HUCITEC, 3ª ed., 1993.

porque o institui como *sujeito desejante*. Na historiografia brasileira, os pobres não se encontram como sujeitos, mas como coisas, emblemas, espécie de lixo pedagógico para exaltação, por contraste, da necessidade de ordem e progresso nacionais.

Sinistro semeador

EM *O ATENEU*, DE POMPEIA, há uma amostra de quanto esse lixo pedagógico pode ser pungente:

> *Os professores já sabiam. À nota do Franco, sempre má, devia seguir-se especial comentário deprimente, que a opinião esperava e ouvia com delícia, fartando-se de desprezar. Nenhum de nós como ele! E o zelo do mestre cada dia retemperava o velho anátema. Não convinha expulsar. Uma coisa dessas aproveita-se como um bibelot do ensino intuitivo, explora-se como a miséria do ilota para a lição fecunda do asco. A própria indiferença repugnante da vítima é útil.*[23]

A família do Franco, do Mato Grosso, o *esquecera* no internato, de onde não saía nem nas férias. Insubmisso, comia o pão que o diabo amassou, acabando por incorporar a índole má que lhe atribuíam. Nesse processo de diabolização de si mesmo, foi capaz de espalhar cacos de vidro na piscina, improvisando autossarcasmos como reação à incompreensão dos outros, que precisavam dele como exemplo do que não se devia ser:

> *Eu ouvi que ele quebrava as garrafas uma por uma. Daí a pouco reaparecia, trazendo as abas da blusa em regaço. E começou a lançar então com o maior sossego ao tanque, para todos os lados,*

---

[23] POMPEIA, Raul. *O Ateneu*, Rio de Janeiro, Livraria Francisco Alves, 8ª ed., 1956, p. 36.

> *aqui, ali, dispersamente, como semeando, as lascas de vidro que partira. Um breve rumor de mergulho borbulhava à flor d'água, abrindo-se em círculos concêntricos os reflexos do céu. Eu vi muitas vezes contra o albor mais claro do muro fronteiro, passando, repassando, a sombra do sinistro semeador.*[24]

Eis a cafua em que essa *pedagogia por contraste* costumava encerrá-lo:

> *Embaixo da casa. Fazia-se entrada pelo saguão cimentado dos lavatórios; sentia-se uma impressão de escuro absoluto, para os lados, à distância, brilhavam vivamente, como olhos brancos, alguns respiradouros gradeados daquela espécie de imensa adega. O chão era de terra batida, mal enxuta. Impressionava logo um cheiro úmido de cogumelos pisados. Com a meia claridade dos respiradouros, habituando-se a vista, distinguia-se no meio uma espécie de gaiola ou capoeira de travessões fortes de pinho. Dentro da gaiola um banco e uma tábua pregada, por mesa. Sobre a mesa um tinteiro de barro. Era a cafua.*
>
> *Engaiolava-se o condenado na amável companhia dos remorsos e da execração. Ainda em cima, uma tarefa de páginas, para a qual o mais difícil era arranjar luz bastante. De espaço a espaço, galopa um rato no invisível; às vezes vinham subir às pernas do condenado os animaizinhos repugnantes dos lugares lôbregos. À soltura, surgia o preso, pálido como um redivivo, espantado do ar claro como de uma coisa incrível. Alguns achavam meio de voltar verdadeiramente abatidos.*
>
> *Franco saiu doente.*[25]

Alguns colegas mostravam interesse por ele, Franco respondia com aspereza, não tinha nada, eram todos culpados, havia de adoecer gravemente para terem remorsos. Ocultou que sofria, devora-

---

24 Idem, ibidem, p. 75.

25 Idem, ibidem, p. 203.

do semanas por uma febre ligeira, se expunha à soalheira, ao sereno, de propósito; um dia não pode se levantar, dor de cabeça, corria à janela para vomitar, nos intervalos se entretinha em aprumar o fio visguento do vômito contra as amplas flores alvas do jardim. O médico diagnosticou uma febre qualquer, partiu com "a discrição hermética que faz a importância da classe".

> *Perguntei ao Franco como passava. Ele agitou de vagar as pálpebras e sorriu-se. Nunca lhe conheci tão belo sorriso, sorriso de criança à morte. Oito horas da noite. O gás atenuado produzia eflúvios contristadores de claridade. Retirei-me sem aprofundar a vista pelos outros dormitórios, em cujas vidraças espelhantes devia passar sucessivamente a minha sombra. Procurei o diretor e comuniquei-lhe os meus terrores.*
>
> *No dia seguinte, um domingo alegre, Franco estava morto.*[26]

A *história completa* de um país, que na verdade é sua incompletude, estaria inscrita na sua literatura – esse cortejo de fantasmas, como o Franco – e não na história que, junto com a moral, *internou* em papéis amarelecidos os testemunhos das "classes perigosas" (Foucault). Marc Bloch (1866-1944), medievalista francês, em plena luta contra a ocupação alemã de seu país (ele como tantos intelectuais europeus se bateria ate à morte contra o nazismo), fez *mea-culpa* do conhecimento histórico estrito, sempre em busca de uma credencial científica que provavelmente nunca alcançará:

> *Era em junho de 1940, no mesmo dia, se bem me recordo, da entrada dos alemães em Paris. No jardim normando em que nosso estado-maior, privado de tropas, arrastava seu ócio, remoíamos as causas do desastre: "Devemos concluir que a história nos enganou?", murmurou um de nós.*[27]

---

[26] Idem, ibidem, p. 204.

[27] BLOCH, Marc. *Introducción a la historia*, México, Fondo de Cultura Económica, 1957, p. 10.

De fato, se perguntava Bloch, para que estudar história se a barbárie, mais cedo ou mais tarde, acabará triunfando? A história dos homens talvez só ensine uma coisa: com ela não se aprende nada. Os jovens latino-americanos que, nos anos 1960, tentaram repetir nos seus países a revolução cubana descobriram, sob tortura, que era irrepetível: não se formando jamais outra vez a combinação de fatores, nacionais e internacionais, que a tornaram possível naquele momento, e não em outro, nunca se repetiria. O que se aprende com um fato não pode ser usado como lição ou experiência para viver outro fato, mesmo semelhante.

Bloch parece concluir, algo desalentado, que a história pelo menos *diverte*, põe você no lugar de outros homens e mulheres que viveram em outros tempos e em outros lugares, lhe permitindo viver as experiências que eles viveram. E daí? Cada vez que vive uma experiência *como se fosse* outro, você se acrescenta de humanidade. Se torna mais *gente humana* e isto talvez seja, estranhamente, o máximo a que nós seres humanos possamos aspirar. Essa aspiração é uma ética – uma *exigência absoluta* – como parece sugerir o existencialista Karl Jaspers (1883-1969) numa célebre passagem:

> *Existe entre todos os homens, pelo fato de serem homens, uma solidariedade que torna cada um de nós corresponsável por toda injustiça e todo mal cometido no mundo, e em particular os crimes cometidos em nossa presença ou sem que os ignoremos. Se eu não faço o que eu posso para impedi-los, sou cúmplice. Se eu não arrisco minha própria vida para impedir o assassinato de outros homens, se não me importo com isso, eu me sinto culpado num sentido que não pode ser compreendido de maneira adequada apenas jurídica, política ou moralmente... Que eu ainda viva depois que essas coisas tenham acontecido pesa sobre mim como uma culpa inexpiável.*
>
> *Em algum lugar no âmago das relações humanas se impõe uma exigência absoluta: em caso de ataque criminoso ou de*

> *condições de vida que ameacem o ser físico, só aceitar que sobrevivamos todos juntos ou nenhum de nós.*[28]

O traço comum aos existencialismos é a afirmação dessa ética da responsabilidade social, engajada, não egoísta – seja o de Heidegger, tudo é o *ser*, nós somos o existente (ente), seja o de Sartre, distinguindo *ser-em-si* de *ser-para-si*. Nada mais é o homem além do conjunto de seus atos, sua vida, sua cultura – como quisermos. Somos aquilo que nos tornamos a partir de nossas escolhas. Engajamos a humanidade em tudo que fazemos individualmente. Se me caso, engajo a humanidade na monogamia. Sou responsável mesmo quando me omito – somos, por exemplo, responsáveis pela vida sem sentido gerada pelo capital; e, portanto, pela droga, que é o dinheiro; e, portanto, pelos assaltantes de rua que buscam dinheiro; e assim por diante.

A borboleta de fogo, a botica, a chibata

A LITERATURA, MESMO QUANDO escrita por não pobres, memoriza pela fala e pelo silêncio as experiências dos pobres. Que além de fazer isso, ela desvela o que permanecia encoberto, fazendo interagir, no caso, os *padrões de acumulação* em que se reparte a sociedade brasileira, é o que se insinua em pelo menos três romances da passagem do século XIX para o XX: *O cortiço*, de Aluísio Azevedo, *Bom-Crioulo*, de Adolfo Caminha, e *D. Casmurro*, de Machado de Assis, respectivamente de 1890, 1895 e 1900. Têm em comum a desconstrução da ideia de Brasil elaborada por políticos e intelectuais.

Que fôssemos capazes de apresentar bons romances a um intervalo exato de cinco anos, comprova a criatividade da literatura brasileira, sem dúvida, mas o que interessa aqui, para começar, é

---

[28] Apud FANON, Franz. *Peau noire, masques blancs*, Paris, Du Seuil, 1995, p. 72.

que esses três clássicos repõem a velha questão das potencialidades heurísticas do conhecimento literário. De fato, superada a concepção mecanicista da literatura como simples reflexo, podemos considerá-la como um *novo objeto*, um campo inteligível do conhecimento histórico e social, favorável, portanto, à compreensão, no caso, da transição da escravatura para o sistema de trabalho livre no Brasil.

O cortiço (1890) entrelaça a vida de três imigrantes portugueses: Jerônimo, trabalhador forte e honesto, João Romão e Miranda, capitalistas prósperos e hipócritas. Cortiço ou cabeça de porco foi, até a proliferação das favelas, há setenta anos, a habitação coletiva mais comum do Rio de Janeiro – sobrados burgueses degradados ou vilas de pequenas casas para isso construídas. Com sua mulataria (para usar uma expressão da época), suas dores e lutas, tristezas e alegrias, consciência e alienação, orgulho de ser e bovarismo, cheiro de peixe frito e "sambas de arrasar", generosidade, crueldade e sedução irresistíveis, o cortiço era um "Brasil pequeno".[29]

De fato, desde meados do século XIX, vencida a etapa das lutas pela independência, a inserção do português na sociedade nacional passara por algumas mudanças. Já não era o "marinheiro", o "pé de chumbo". Nesse quadro em mudança devemos situar *O cortiço*, seus três portugueses metidos com negros e seus portugueses em ascensão; *D. Casmurro*, seus patriarcas inseguros e seus agregados "de favor"; e *Bom-Crioulo*, seus negros e portugueses em *estado de paixão*. Naquele momento de inflexão social, o trabalho escravo, absoluto por mais de trezentos anos, cede lugar a pelo menos dois *padrões de acumulação* distintos, mas complementares. O mais visível é o que veio a dar, em desdobramento contínuo, no Brasil capitalista e moderno de hoje – o das indústrias, das metrópoles, do grande comércio, mercado financeiro etc., cada vez mais voltado para o mundo. O menos visível é o que veio a dar num país pouco capitalizado, igualmente visível, mas voltado sobre si mes-

[29] O centro do Rio, mais ou menos entre a praça Onze e o cais do porto, foi chamado por muito tempo de Pequena África.

mo, economia de subsistência, negócios informais, o das pequenas cidades, dos subúrbios semirrurais, do subemprego, da "viração". Foi também aquele o momento em que se elaborou a ideia de Brasil que está nos manuais didáticos, nas exposições permanentes dos museus, no discurso dos políticos etc. – e ela não podia ser senão uma ideia fraturada, bipolar.

Esse o tema principal de *Viva o povo brasileiro*, de João Ubaldo. O relato histórico, perfeitamente organizado e "verdadeiro" que mantém Perilo Ambrósio Góes Farinha, barão de Pirapuama, como herói nacional, exige dele, num ato de extremo sacrifício, apenas duas coisas: matar um escravo para se besuntar de seu sangue e cortar a língua de outro para não lhe denunciar a farsa. O que consagra o livro de Ubaldo como grande romance é que faz esboroar pela ficção os heróis sem causa, as mentiras heroicas e as "verdades históricas".[30] Todos corriam para ouvir Dadinha, bisneta do Caboco Capiroba, formando com ela a *comunidade narrativa* que desmascara o relato do Barão:

> *Logo deixou de haver espaço para qualquer coisa além daquele riso e então os presentes, negros que não estavam de castigo e podiam folgar no domingo, as visitas que tinham caminhado da Armação do Bom Jesus até ali para ver a sempre encantada grande gangana do mundo, os que, sempre que podiam, vinham estar com ela como diante de uma montanha velha e testemunha de tudo o que jamais aconteceu na Terra, a sala inteira, dos velhos aos meninos de braço, todos se abriram em risadaria, sapateando, estapeando as coxas e escondendo as bocas abertas com as mãos espalmadas. Ninguém esperava o grito que Dadinha deu.*
>
> *– Quessassim? – disparou ela. – Quessassim?*[31]

[30] Gizelda Melo do Nascimento, em boa dissertação de mestrado (UFF, Niterói, segundo semestre de 1989) fez essa análise do romance de Ubaldo.

[31] RIBEIRO, João Ubaldo. *Viva o povo brasileiro*, Rio de Janeiro, Nova Fronteira, 1984, p. 71.

Sobre aquele primeiro país é que se aplicaram as pesquisas e estudos históricos tradicionais, se fizeram as projeções de futuro, prognósticos e profecias, se convencionaram os critérios e fantasias sobre o sucesso e o fracasso brasileiros. É o que lhes empresta um ar de falsidade, ou de desencaixe. Desencaixe com o resto, o país *real*, o dos "rolos fenomenais" (hoje diríamos *barracos*), das devoções extremas, da sociabilidade circular, sem polos. Este foi captado apenas pela literatura.

Jerônimo, o português *bom* do romance de Aluísio, se divide entre o amor rotineiro da esposa patrícia e os braços da mulata Rita:

> [Jerônimo] *viu a Rita Baiana, que fora trocar o vestido por uma saia, surgir de ombros e braços nus, para dançar. A lua destoldara-se nesse momento, envolvendo-a na sua cama de prata, a cujo refulgir os meneios da mestiça, cheios de uma graça irresistível, simples, primitiva, feita toda de pecado, toda de paraíso, com muito de serpente e muito de mulher.*[32]

O fecho é patético e irônico. Bertoleza, a preta que enriquecera um dos portugueses *maus*, João Romão, servindo-o na cama e na cozinha, limpando e fritando peixe que o comerciante vendia à vizinhança, é devolvida ao verdadeiro senhor. Romão a enganara anos a fio, não lhe comprara a liberdade como fazia crer, agora ia casar com uma mulher da sua categoria e cor, se desfazia dela. Bertoleza está agachada limpando peixe como sempre. Romão chega com o legítimo proprietário da escrava, a aponta, ela compreende tudo imediatamente, rasga a barriga com a afiada faca. Mas ainda não acabou. Batem à porta. É uma comissão abolicionista que vem entregar a Romão um título de benemérito da campanha.

Esse romance foi esquadrinhado pela crítica da cabeça aos pés, mas sempre haverá o que dizer. Em geral, lhe apontam diversas virtudes, prejudicadas, no entanto, pela subserviência à crença na-

---

[32] AZEVEDO, Aluísio. *O cortiço*, Rio de Janeiro, Otto Pierre Editores, 1979, p.109.

turalista de que o animal homem tem seu destino determinado, em quaisquer circunstâncias, pela hereditariedade; além de um certo abuso do grotesco – hoje comum em programas de auditório da televisão aberta – como aquele episódio em que Pombinha, condenada à prostituição *pelo sangue*, adormece numa pedreira e sonha com um borboleta de fogo que doidejava sobre ela, em todas as direções, ora se chegando, ora fugindo:

> *Nisto, Pombinha soltou um ai formidável e despertou sobressaltada, levando logo ambas as mãos ao meio do corpo. E feliz, e cheia de susto ao mesmo tempo, a rir e a chorar, sentiu o grito da puberdade sair-lhe afinal das entranhas, em uma onda vermelha e quente.*[33]

O naturalismo não pode ser condenado, entretanto, por uma crença que nosso tempo pensa ter superado, a da realidade da natureza. A natureza não existe, mas isso estava fora da *consciência possível* do século XIX. Tudo o que o homem encontrou ao longo da sua existência (no máximo uns 300 mil anos) foi sendo modificado por ele através da fala, do conceito, da própria ideia de natureza e agora, com a mundialização da ciência e da técnica, do *valor da natureza*. Ela é hoje um valor econômico, uma mercadoria presente ou em potencial e, mesmo em potencial, já imbuída de valor. Nem sequer o sexo, que aos escritores do naturalismo, um Zola, um Aluísio, um Eça de Queiroz, parecia natural, é da ordem da natureza, exceto no caso dos animais.

Já o *D. Casmurro* (1900), de Machado de Assis, narrada em primeira pessoa, é a história de uma traição descoberta, ou suspeitada, *a posteriori*. Bentinho, rico e conservador, se casa com Capitu, pobre e irrequieta. Capitu morre prematuramente e Bentinho, através da semelhança física entre o filho e o compadre Escobar, se convence de que o menino não é seu, mas de Escobar. Infância,

---

[33] AZEVEDO, Aluísio. *O cortiço*, Belo Horizonte, Itatiaia, 1980, p. 172.

colégio, o quase ingresso no seminário, casamento, amizades, traição – tudo se passa na cabeça do D. Casmurro. Casmurro é sério, melancólico, depressivo. Mas é sobretudo – e por aqui começo a dizer o que queria – um tipo patriarcal, membro daquela classe de proprietários de terras e de escravos que foi dominante e dirigente no Brasil até cerca de 1930.

O livro célebre repõe – mais do que retrata – esse patriarcalismo que vincou forte a sociedade brasileira, e não apenas a sociedade rural, por quatro quintos do tempo que temos de existência. Patriarcalismo entendido como o poder absoluto do macho branco sobre todos os que habitam o seu domínio – familiares de sangue, agregados, empregados livres, servos indígenas ou mestiços, escravos, sua sociabilidade e seu imaginário. O narrador é um patriarca urbanizado, coisas e homens devem lhe girar à volta, utilizáveis na cama e na mesa sempre que desejar.

Era comum há trinta anos e, talvez ainda hoje, cursos de direito e de letras fazerem o julgamento simulado da "traição de Capitu". Esta a armadilha deixada por Machado: a sociedade brasileira se reconhecerá como patriarcal, até hoje, na solidariedade dos leitores comuns, não críticos, ao drama de Bentinho. Condenando ou absolvendo a moça da rua Mata-Cavalos, o leitor caiu na armadilha, pois a sua "traição", ou a suspeita, só existem na cabeça do macho proprietário. Roberto Schwartz foi talvez o primeiro crítico a perceber essa armadilha:

> *"O livro* [Dom Casmurro] *tem algo de armadilha, com lição crítica incisiva – isso se a cilada for percebida como tal.* [...] *É como se para o leitor brasileiro as implicações abjetas de certas formas de autoridade fossem menos visíveis."* [34]

Coisa semelhante acontece, aliás, com leitores negros da ficção brasileira. Como as personagens negras são sempre identificadas como tal – o que se dispensa para as brancas –, o leitor negro não

[34] SCHWARTZ, Roberto. *Duas meninas*, São Paulo, Companhia das Letras, 1997, p. 9.

tem saída: assume sobre si mesmo o ponto de vista do outro, faz sua a excepcionalidade com que é retratado.

A crítica de Schwartz a *Dom Casmurro*, extensiva à maneira romanesca de Machado de Assis, é mais profunda que a dos seus colegas em geral porque ele buscou a "chave" da obra fora do texto: a chave é o patriarcalismo. Não a teria encontrado se acreditasse na conversa formalista "não há nada fora do texto". Recordista de análises literárias, é sintomático que não se tenha percebido em *D. Casmurro*, que eu saiba, que a Esfinge é Capitu, mas o Édipo decifrador é José Dias, com sua botica. A relação do agregado com a família de Bentinho, do ponto de vista da trama, é um aspecto secundário do romance; do ponto de vista da sua decifração, do conhecimento específico que produz, no entanto, é a sua chave: a parte secundária se faz superior ao todo.

Bom-Crioulo (1895), por sua vez, é a história de um casal homossexual, um marinheiro negro, forte e bom, e outro branco, Aleixo, frágil e egoísta.[35] Os dois únicos cenários serão um navio da esquadra brasileira, que só aboliu o açoite como resultado de uma rebelião de marinheiros (1910), dita da Chibata, também famosa por seu líder João Cândido, o *Almirante Negro*;[36] e as ruas em volta do porto, freges e pensões humildes, com sua gente triste e alegre, trabalhadora e vadia, branca e preta. Corre bem essa *crônica de pobres amantes*,[37] até surgir a portuguesa Margarida, dona de pensão, provocante na sua meia-idade, braços cheios, muito brancos, apetitosos. Aleixo é seduzido por ela e acaba por trair

---

[35] Adolfo Caminha perdeu os pais na grande seca nordestina de 1877, foi criado por um tio, entrou com 13 anos para a Escola Naval (Rio de Janeiro), saiu segundo-tenente, em 1886 voltou ao Ceará, sua terra, raptou a mulher de um alferes e, obrigado por isso, a dar baixa, terminaria a vida aos trinta anos, tuberculoso, pequeno funcionário público. A experiência na Marinha foi sua melhor matéria-prima, não conseguiu nos outros romances (*A normalista* e *Tentação*) repetir o realismo convincente de *Bom-Crioulo*.

[36] Tive a ventura de conhecer pessoalmente João Cândido, em 1962 ou 1963.

[37] Referência a um dos meus romances preferidos, *Crônica de pobres amantes*, do italiano Vasco Pratolini.

Bom-Crioulo com a cachopa, o negro descobre, mata Aleixo. Como fera, é arrastado pela polícia na última cena do romance.

O romance se abre com uma cena de chibatamento num convés de corveta:

> *Herculano já não suportava. Torcia-se no bico dos pés, erguendo os braços e encolhendo as pernas, cortado de dores agudíssimas que se espalhavam por todo o corpo, até pelo rosto, como se lhe rasgassem as carnes. A cada golpe, escapava-lhe um gemido surdo e trêmulo que ninguém ouvia senão ele próprio no desespero de sua dor.*[38]

O Herculano recebeu 25 pelo flagrante de masturbação. Foi essa a primeira ousadia do romance de Caminha: descrever, tornar obscena (de *ob scena*, de frente para a cena) a tortura de pobres no interior das Forças Armadas, orgulho da nação-estado republicana. Então, as Forças Armadas eram *aquilo*? A ficção desfazia o discurso da História. Caminha ousou tocar também, com antecedência de uma geração, num dos nossos mitos mais renitentes, a *democracia racial*, o consenso sobre a harmonia e cordialidade entre as três *raças* constitutivas do país. Tematizando, a um só tempo, tortura, racismo e homossexualismo, cumpria o mandamento de Eça de Queirós na abertura de *A relíquia*: "Sobre a nudez forte da verdade – o manto diáfano da fantasia."

A mulata como lugar

A PERDIÇÃO DOS POBRES AMANTES, Bom-Crioulo e Aleixo, foi "uma pobre cadela sem dono", D. Carolina, portuguesa que alugava quartos na rua da Misericórdia a "pessoas de certa ordem", gente

---

[38] CAMINHA, Adolfo. *Bom-Crioulo*, São Paulo, Ática, 5ª ed., 1997, p. 16.

que não se fizesse de muito honrada e de muito boa, rapazes de confiança, bons inquilinos, patrícios, amigos velhos. Não fazia questão de cor e tampouco se importava com a classe ou a profissão do sujeito. Marinheiro, soldado, embarcadiço, caixeiro de venda, tudo era a mesmíssima coisa: o tratamento que lhe fosse possível dar a um inquilino, o dava do mesmo modo aos outros.

> *Quando moça, tinha seus vinte anos, abrira casa na Rua da Lampadosa. Bom tempo! O dinheiro entrava-lhe pela porta em jorros como a luz do dia, sem ela se incomodar. Uma fortuna de joias, de ouro e de brilhante! Já era gorducha, então: chamavam-na Carola Bunda, um apelido de mau gosto, invenção da rua...*
>
> *Depois esteve muito doente, saíram-lhe feridas pelo corpo, julgou não escapar. E, como tudo passa, ela nunca mais pôde reerguer-se, chegando, por desgraça, ao ponto de empenhar joias e tudo, porque ninguém a procurava, porque ninguém a queria – pobre cadela sem dono... Passou misérias! Até quis entrar para um teatro como qualquer coisa, como criada mesmo. Foi nessa época, num dia de carnaval (lembrava-se bem!), que começou a melhorar de sorte. Um clubezinho pagou-lhe alguns mil-réis para ela fazer de Vênus, no alto de um carro triunfal. Foi um escândalo, um "sucesso": atiraram-lhe flores, deram-lhe vivas, muita palma, presentes – o diabo! Durante quase um ano só se falou de Carola, nas pernas da Carola, na portuguesa da Rua do Núncio.* [...]
>
> *Esteve duas vezes amigada, tornou a cair doente, foi a Portugal, regressou ao Brasil cheia de corpo e de novas ambições, amigou-se outra vez, e, afinal de contas, depois de muito gozar e de muito sofrer, lá estava na Rua da Misericórdia, fazendo pela vida meu rico!, explorando a humanidade brejeira, enquanto o seu "macacão" trabalhava por outro lado em, negócios de carne verde e fornecimento para os quartéis.*[39]

---

[39] CAMINHA, Adolfo, idem, ibidem, p. 44.

Carola Bunda ocupa o lugar social que no Brasil chamamos mulata: vida instável, sensualidade desabrida, bunda grande. Mulata para o brasileiro é a mulher que tem a beleza da branca e a facilidade da negra, como no poema "A Crioula", de Trajano Galvão (1830-1864):

Sou formosa... e meus olhos estrelas
Que transpassam negrumes do céu;
Atrativas e formas tão belas
Pra que foi que a natura mas deu?
E este fogo que me arde nas veias
Como o sol nas ferventes areias,
Por que arde?... Quem foi que me ateou!
Apagá-lo vou, já não sou tola...
E o feitor já me chama – ó crioula,
E eu respondo-lhe branda – já vou.[40]

Mulata é uma negra de primeira ou uma branca de segunda. Não é uma raça, nem mesmo uma mestiça ou híbrida: é o lugar do afeto, do desejo, da crença e do poder, instaurado por duas coordenadas, uma que sai do plano *real*, outra do imaginário. Seu *know-how* é a sedução: quando a exerce bem, sobe na vida; quando não, desce. Aquilo que sobreviveu do negro até hoje no Brasil foi o que tinha função social e, por isso, se institucionalizou. Roger Bastide sugere que, por isso, mais do que na lembrança (memória-imagens), a africanidade do negro brasileiro está nos gestos (memória-motora). Dá como exemplo daquela primeira memória a lenda banto do quibungo, devorador de crianças, cuja função era a repressão aos meninos brancos criados por pretas velhas.[41] A função

[40] Trajano foi poeta abolicionista na fase de decadência da lavoura do Maranhão, onde era fazendeiro. Seus versos estão reunidos em *Três liras* (1863), com poemas também de Gentil Homem de Almeida Braga e Antônio Marques Rodrigues; e *Sertanejas* (1898).

[41] BASTIDE, Roger. *As Américas negras*, São Paulo, Difel, 1974.

social do *requebrado da cabrocha*, por exemplo, era recurso de sedução visando a lhe garantir um nicho na sociedade escravista. Sendo assim, o lugar da mulata pode ser ocupado por uma não mulata – como a *polaquinha* curitibana:

> *Qual o meu futuro com esse aí, o último dos brutos? Além de massacrada e ofendida, mudei para pior. Odiando uma pobre lambisgoia. Depois dessa virá outra. E eu, o que sou? Uma igual a ela.* [...] *Esse aí nunca me quis. A não ser na cama. Onde me crucifica – em todas as posições. Diz que não quer machucar. Só eu a culpada, se o deixo assim fogoso?* [42]

A velha taxonomia da estratificação social por ordens, ou estados, aplicada à sociedade brasileira permite enxergar, naquele momento, três *ordens* principais: a *oligárquica* (que se confunde com a aristocracia rural, a que pertenceria, por exemplo, Bentinho, o senhor de *D. Casmurro*); a *moderna* (que se confunde com as classes industriais, a burguesia e a média ilustrada como, por exemplo, a família criada por Mário de Andrade em *Amar, verbo intransitivo*, que contrata preceptora alemã para resguardar o filho de pretinhas e prostitutas); e a *do povo* (que se confunde com os semiproletários e desclassificados sociais, como a mulata Rita, de *O cortiço*, ou essa Carola Bunda, da rua da Misericórdia). Diferente de classe, inserção determinada pela produção, ordem é uma inserção por privilégio – inclusive o privilégio de pertencer a uma classe. Pobres não têm, por exemplo, o privilégio de transgredir a lei; para lhes vedar esse privilégio, existem a forma da lei, o seu espírito, a sua distribuição pelos tribunais e a sua execução penal. A Justiça como zeladora do privilégio de transgredir os códigos é um fato geralmente encoberto, invisível ao senso comum, mas aparece, por exemplo, no instituto singular da *prisão especial.* [43]

---

[42] TREVISAN, Dalton. *A polaquinha*, Rio de Janeiro, Record, 2004, pp. 135-136.

[43] "Em visita que realizei à Academia do Sistema Penitenciário (Department of Corrections) de Nova York, em 2001, a diretora do estabelecimento caiu na gargalha-

A idealização da mulata no Brasil se baseia na sua função social: prestação de serviços sexuais. No entanto, como acontece às vezes, a idealização foi *anterior* ao próprio fato social (a condição social das mulheres mulatas na sociedade colonial), já estava no imaginário do colonizador sob a forma da moura encantada e da índia nua de cabelos escorridos, como lembrou Gilberto Freyre:

> *O longo contato com os sarracenos deixara idealizada entre os portugueses a figura da "moura encantada", tipo delicioso de mulher morena e de olhos pretos, envolta em misticismo sexual – sempre de encarnado, sempre penteando os cabelos ou banhando-se nos rios ou nas águas das fontes mal-assombradas – que os colonizadores vieram encontrar parecido, quase igual, entre as índias nuas e de cabelos soltos do Brasil. Que estas tinham também os olhos e os cabelos pretos, o corpo pardo pintado de vermelho, e, tanto quanto as nereidas mouriscas, eram doidas por um banho de rio onde refrescasse sua ardente nudez e por um pente pra pentear o cabelo. Além do que, eram gordas como as mouras. Apenas menos ariscas: por qualquer bugiganga ou caco de espelho estavam se entregando, de pernas abertas, aos "caraíbas" gulosos de mulher.*[44]

Não é que o *subjetivo* preceda o *objetivo*, eles formam um *fato social total*. Para se compreender o mito da mulata,[45] "a mais des-

---

da quando lhe disse que, no Brasil, uma pessoa com curso superior que mate uma outra tem direito a 'prisão especial'. Ela só entendeu como funcionava essa coisa quando lhe expliquei que não se tratava de um estabelecimento especial, e sim de um privilégio atado à qualidade da pessoa que tivesse praticado o crime. Ela perguntou, brincando: 'Então, se eu matar o meu marido, não vou para uma prisão comum?'. Respondi-lhe: 'Não'." SILVA, Jorge da. *Segurança pública e polícia. Criminologia crítica aplicada*, Rio de Janeiro, Forense, 2003, p. 160, nota 12.

[44] FREYRE, Gilberto. *Casa-Grande & Senzala*, Brasília, Ed. Universidade de Brasília, 12ª ed., 1963, p. 74.

[45] Há, também, no outro polo, um mito da loura, a mais fatal das mulheres. Em *A falecida*, Nelson Rodrigues faz a cartomante, Madame Crisálida, avisar a Zulmira: "Cuidado com a mulher loura!" RODRIGUES, Nelson. *Teatro completo*. Rio de Janeiro, Nova Fronteira, 2ª ed., 1985, vol. 3, p, 59.

frutável de todas as mulheres", um dos mais antigos e persistentes da nossa civilização, é preciso redefinir o que geralmente chamamos sociedade brasileira. A não ser que se permaneça na superfície, no sintoma, por assim dizer, sua compreensão não pode ser alcançada pela sociologia e história convencionais, mas pela colaboração destas com a psicologia e a crítica literária, pelo menos. A sociedade brasileira produziu, ao longo do tempo, frustrações de massa que não eram puramente econômicas, mas também afetivas. Frustrações aqui não devem ser tomadas como fato passivo:[46] mesmo o gozo pode ser frustrante, basta isolá-lo, como faz a pornografia, do conjunto da vida; e, também, o contrário: uma violação, ainda que inaceitável do ponto de vista dos direitos humanos, pode acarretar *ganhos sociais* gratificantes. Isso foi notado por um observador dos últimos anos da escravidão:

> *Nesse meio* [a fazenda], *as relações sexuais não têm a importância que nós lhes atribuímos, e os romances tocantes que se escreveram, os discursos patéticos que se fizeram para lamentar a sorte da jovem escrava abandonada aos caprichos e às brutalidades de um senhor conquistador causariam considerável espanto a todas as negras do Brasil. Em meio a diversas centenas de milhares de escravas, não encontraremos nenhuma que não considere uma honra ou um prazer o fato de merecer a preferência de seu senhor.*[47]

A mulata fogosa, volúvel, amoral, libertina é um *monstro* que a culpa do macho branco criou, tem de ser exorcizado com mais culpa – *similia similibus curantur* – até que se expie, o que não acontecerá jamais. O *tesão* na mulata é histórico. O culto à mulata, que parece em declínio há duas gerações, foi se refugiar nos *shows de mulata*, mas não o mulatismo – desejo sexual e prazer lascivo –

---

[46] Nem no sentido estrito que lhe dá a psicologia freudiana.

[47] COUTY, Louis. *A escravidão no Brasil*, Rio de Janeiro, Casa de Rui Barbosa, 1988, p. 95.

que se reproduz na sedução do funk sobre a adolescência do "asfalto": funkização do mulatismo. Já a africanização da estética feminina no Brasil (bunda grande, cintura fina), desde os anos 1940 cedeu lugar à americanização (cintura estreita, seios grandes, coxas finas).

Monstro grego

ESSAS FRUSTRAÇÕES – passivas e ativas – não foram arquivadas pela história, mas pela literatura, que foi acumulando ao lado da outra, no seu acostamento, por assim dizer, como *sobra*, um cortejo de fantasmas e monstros. O jovem Lima Barreto, para não ir longe, viveu acossado por eles: "Hoje observei uma mulata que parecia amigada a um português; viajavam no bonde separados."[48] A sua repressão, recalque ou denegação é a finalidade *política* principal do ensino didático das ciências sociais, enquanto a ficção literária a ironiza todo o tempo. O ensino brasileiro é todo ruim, de uma ruindade funcional, por assim dizer. Mas o da literatura, a medo confinada nas aulas de português, é temível por desestabilizar o aprendizado da ordem. Sua função pedagógica é "fazer com que os homens de bem se arrependam".

Mulata é um dos muitos fantasmas de uma espécie de *desejo sobrante*, um precipitado do afastamento entre a *necessidade* e a *exigência*. Mulata/mulato não é um tipo racial, é um *monstro*. Joaquim Nabuco, da elite liberal do Segundo Reinado, centro-esquerda da época, confessou na famosa carta a Veríssimo sobre a morte de Machado, o medo à palavra:

> *A palavra* [mulato] *não é literária e é pejorativa, basta ver-lhe a etimologia. Nem sei se alguma vez ele* [Machado] *a escreveu e*

[48] BARRETO, Lima. *Diário íntimo*. São Paulo: Brasiliense, Obras completas, 1956, p. 47.

que tom lhe deu. O Machado para mim era um branco, e creio que por tal se tomava; quando houvesse sangue estranho, isto em nada afetava a sua perfeita caracterização caucásica. Eu pelo menos só vi nele o grego.[49]

Se poderia concluir que num quadro social de ordens, a ordem do povo é um *lugar*, ocupado originalmente por quem tem a chave da sexualidade, a mulata, objeto e fantasma ao mesmo tempo; mas que pode ser ocupado por outro tipo racial – como aquela Carola Bunda, ou a Polaquinha de Trevisan –, desde que funcione como objeto e apareça como fantasma. O negro africano não é sensual; sensual é o escravo – sugeriu Gilberto Freyre há setenta anos.[50] Teodoro Sampaio lembrou que, no primeiro século, "as escravas índias formosas na sua tez morena davam lugar a amiudadas tempestades domésticas", enquanto Freyre lembra, a tempo, que boa parte da feitiçaria e magia sexual atribuída a negros/negras, mulatos/mulatas era de brancos, sem falar que a prostituição de mestiças – não havia fazenda do interior, na Colônia, que não tivesse seu "rancho de mulatas" – era promovida e estimulada por senhores como negócio extra. C. R. Boxer, a seu turno, descreveu em *A idade do ouro do Brasil* a sedução como atributo de mulatas no México colonial.[51]

---

[49] Academia Brasileira de Letras, *Revista Brasileira,* ano XXII, nº 115, julho de 1931, p. 387.

[50] "Se há hábito que faça o monge é o do escravo; [...] Passa por ser defeito da raça africana, comunicado ao brasileiro, o erotismo, a luxúria, a depravação sexual. Mas o que se tem apurado entre os povos negros da África [...] é maior moderação do apetite sexual que entre os europeus. [...] Diz-se geralmente que a negra corrompeu a vida sexual da sociedade brasileira, iniciando precocemente no amor físico os filhos-família. Mas essa corrupção não foi pela negra que se realizou, mas pela escrava. [...] Não há escravidão sem depravação sexual." FREYRE, Gilberto, op.cit., pp. 359-360.

[51] BOXER, C. R. *A idade do ouro do Brasil*, São Paulo, Companhia Editora Nacional, Brasiliana, 2ª ed., p. 38.

Tambores de São Luís

Em 1976, em meio a sua extensa obra, Josué Montello publicou *Os tambores de São Luís*.[52] Um *romanção* de 487 páginas, carpintaria tradicional, caudaloso, emocionante, quase naturalista, *roman-fleuve*.[53]

O tema central de *Tambores* – que começa e termina numa noite de 1915, na capital maranhense – é, a meu ver, a ambivalência do negro na sociedade arcaico-provincial, na passagem do século XIX para o XX. O octogenário Damião atravessa a pé a cidade para conhecer o trineto que está nascendo. Passa no *querebetã* da *nochê* Andreza Maria, também chamado Casa-Grande das Minas,[54] cujos tambores, ao capricho da aragem noturna, o acompanharão por todo o trajeto. A certa altura, tem vontade de fumar e entra num botequim pelos fósforos. Dá com um duplo assassinato – e a identidade de um dos mortos ficará como um mistério até as últimas páginas. A partir daí, revê como num filme todo o seu passado, desde menino no quilombo do Mané Quirino, escravo numa fazenda, seminarista forro, professor de liceu, jornalista, líder abolicionista, outra vez professor. Ei-lo diante do trineto e, por fim, de volta à casa, onde lhe desvendam o crime do bar.

---

[52] MONTELLO, Josué. *Os tambores de São Luís*, Rio de Janeiro, José Olympio, 2ª ed., 1976.

[53] "Mas a vitalidade do romance histórico moderno não se patenteia apenas no fato de se ter ele convertido em parábola da resistência moral contra a destruição da dignidade humana [...] Aquela vitalidade também se manifesta [...] em sua infiltração em outra galáxia novelesca: a do *roman-fleuve*. Os grandes *roman-fleuve* de nossa época, destinados à permanência artística, erguem-se como afrescos sociais em que a historicidade humana assume feição coral – polifônica. [...] No Brasil, o deslumbrante exemplo é o ciclo marajoara de Dalcídio Jurandir." OLIVEIRA, Franklin. *Literatura e civilização*, São Paulo, DIFEL, 1978, p. 46.

[54] Querebetã é o nome genérico, no Maranhão, dos terreiros do culto das minas, trazido do Daomé (Benin). Nochê (mãe de santo, ialorixá) vem do fongbé *non* (mãe) e *tche* (minha). Casa-Grande das Minas é a casa de culto afro-brasileiro estabelecida em São Luís do Maranhão desde meados do século XIX. Andreza Maria foi pessoa real. Ver LOPES, Nei. *Enciclopédia brasileira da diáspora africana*, São Paulo, Selo Negro, 2004.

A fazenda da sua infância ficava a pelo menos oito dias de viagem da mais próxima, em direção ao Piauí, quatro pelos meandros da floresta até um rio largo, enxameado de piranhas; e, passando à outra margem, ainda mais quatro, dentro do mato, para alcançar o quilombo. Seu pai fugira para lá, incendiando a fazenda, quando o senhor ameaçara vender Damião, então com oito anos. O quilombo um dia cai, o pai de Damião prefere o suicídio à reescravização, a vida do menino na fazenda se torna um calvário, até que acontecimentos insólitos começam a ocorrer. Seu destino teve a verossimilhança das exceções – sequência de acasos dentro da regra, sem a qual não há romance. Passa de visita um bispo acompanhado de um padre mulato. Na confissão, Damião diz ao bispo que quer ser padre.

> *– Pelo que vejo, já és um homem feito. Tens mais de vinte anos.*
> *– Dezoito – emendou Damião.*
> *– Por acaso sabes ler? E onde aprendeste? Aqui?*
> *– Não, no quilombo de meu pai. E aprendi depressa. Tudo quanto me ensinam eu não esqueço. Agora mesmo, se o Senhor Bispo quiser, posso repetir o sermão que o Senhor Bispo pregou hoje de manhã na capela.*
> *Dom Manuel parou de balançar-se. E desencostando-se do espaldar, veio para a frente, com uma expressão de espanto:*
> *– Tu podes repetir o meu sermão? Do começo ao fim?*
> *– Posso, Senhor Bispo.*
> *E sem esperar pela ordem de Dom Manuel, Damião entrou a repetir, palavra por palavra, corridamente, a prédica de Sua Reverendíssima. As frases se sucediam, como se ele as tivesse diante dos olhos, enquanto o Bispo, já na ponta da cadeira, abria mais os olhos, no auge do assombro. Chegou a segurar o queixo, sem tirar os olhos do negro, e todo ele era pouco para o espanto com que o escutava.*[55]

Nhá-Biló, a filha louca do amo, aparece grávida de Damião (depois se verá que é um delírio). O fazendeiro perde a cabeça:

---

[55] MONTELLO, Josué. Op.cit., p. 76.

– Não, Miloca, Deus não ia permitir que eu vivesse até hoje para ouvir o que acabas de me dizer. Aquele negro tocar no corpo da minha filha? E desonrá-la ainda por cima? Não, Miloca. Tu estás mentindo. Pelo amor de Deus me diz que tu estás mentindo!

A castração do negro violador é interrompida por mais um insólito. O membro de Damião já balançava no ar quando um ataque do coração, ou derrame, fulmina o justiçador. Na cena seguinte retornamos ao mundo natural, a trovoada, os raios, a tempestade, o mato inundado, o *fim do mundo*. Um dos fascínios do romanção de Montello é essa passagem, sem transição, em movimento, do humano ao *natural*.

Dentro da noite de São Luís, vai agora o velho Damião lembrando tudo: o seminário, o esforço inútil para se ordenar, os amores aflitos, o ensino do latim para meninos cretinos, a amizade com padre Tracajá (o mulato que acompanhava o bispo naquela visita à fazenda em que sua vida começou a mudar), a campanha abolicionista, a descoberta da Casa das Minas, o encontro consigo mesmo, a progênie, o trineto que vai nascer. O calvário vai terminando:

> *Calçado nas chinelas do Tião, que eram grandes para seus pés, Damião sentia que a paz da noite límpida o envolvia, com o sussurro do vento, a lua nova no céu estrelado, o silêncio da cidade adormecida e o choro do seu primeiro trineto.* [...]
>
> *E nisto a Benigna tornou a apontar no retângulo da porta, chamando-o agora para conhecer o Julião:*
>
> *– É clarinho – preveniu-lhe.*
>
> *E quando ele se curvou sobre o berço, muito emocionado, sentindo os olhos úmidos, ela lhe foi dizendo, enquanto erguia o candeeiro, para dar mais luz sobre a criança:*
>
> *– Tem tua cara, meu filho. Até o nariz chato é teu. Olha a testa. Também é tua. E esse beicinho espichado. Tudo teu. É mais para branco que para preto: moreninho como um bom brasileiro.*[56]

[56] MONTELLO, Josué. Op.cit., p. 479.

Eis, nas últimas páginas, a explicação para a sensação de falsete que teve o leitor crítico desde o começo do livro: a felicidade do negro é possível sempre que deixe de ser negro. Os insólitos que impulsionaram a trama nada são em comparação com este último: a felicidade do negro *não é guerreira,*[57] mas suicida.

Os tambores de São Luís é um grande romance *de entretenimento* com uma *proposta* [58] retrógrada: a exigência de desaparecimento do negro pelo branqueamento. O *bom brasileiro* é moreninho, mas o moreno, nessa visão, é a morte do negro, não do negro e do branco. Antes que o trisavô o veja, Benigna, a trisavó, estabelece o que ele *vai ver*: "*É mais para branco que para preto, moreninho como um bom brasileiro.*"

"Tornei-me escritor por falta de físico para boxear", dizia James Baldwin, quando perguntado sobre como se tornara escritor na indigência do Harlem. O preconceito não deixou Damião se ordenar, ele *respondeu* se fazendo jornalista, escritor, distinto no vestir, o melhor latinista do Maranhão: Ovídio e bengala com castão de prata. "Negro de estirpe", eis o seu retrato quando jovem:

> *E como o espelho o apanhava mais de lado que de frente, destacava-lhe a orelha pequena, o pescoço rijo alongando-se para o ombro, os lábios carnudos levemente avermelhados, o nariz meio achatado, o queixo quase sumido, o cabelo aparado rente, e a pele muito negra, de um negro tirando a fosco, confirmativa da estirpe superior de sua raça africana – raça de guerreiros insubmissos, muito ciosos de sua agilidade e de sua força, só por*

[57] "A felicidade do negro é uma felicidade guerreira" é um verso de Waly Salomão.

[58] A divisão do livro de ficção em dois tipos principais – de entretenimento e de proposta – é de José Paulo Paes, *A aventura literária*, São Paulo, Companhia das Letras, 1990. O romance de Montello, a meu ver, seria de entretenimento *superior*: "É em relação a esse nível superior aliás que uma literatura *média* de entretenimento, estimuladora do gosto e do hábito da leitura, adquire o sentido de degrau de acesso a um patamar mais alto onde o entretenimento não se esgota em si mas traz consigo um alargamento da percepção e um aprofundamento da compreensão das coisas do mundo", p. 28.

> *traição jogados um dia no porão de um navio negreiro, a caminho do exílio e da escravidão.*[59]

Aqui Montello fala pelo senso comum brasileiro: preto notável só pode descender de nobre africano, tal como os crentes em reencarnação que, na Antiguidade, foram sempre Cleópatra, nunca uma egípcia comum, enquanto os africanos trazidos para o Brasil sempre o foram "à traição", nunca vendidos por outros africanos – verdade histórica que lhes tiraria o heroísmo, mas lhes restituiria a condição humana. A importação de africanos para a América era uma operação de mercado – investimento, cotação, compra e venda, lucro – só excepcionalmente de guerra e, ainda assim, de guerra entre africanos.[60]

Mama mampembe

A IGNORÂNCIA DOS NOSSOS ficcionistas sobre a África – sua geografia, história, culturas, civilizações – sempre os impediu de ir além do estereótipo naturalista na construção de personagens negros. A África, em nossa ficção, é sempre selvagem; e a escravidão brasileira, apesar dos senhores maus, benigna. A mesma ignorância põe sob suspeição a crítica de autores e obras *nacionais*, isto é, que impliquem a identidade nacional, refém do que alguém chamou *síndrome da progênie*. Joaquim Ribeiro, que conhecia história e antropologia da África, lembrou, por exemplo, que não é possível separar Cruz e Sousa de sua herança étnica – "só podemos compreender sua elaboração artística, nos seus meandros mais originais, mediante essa delicada verificação", pois, para ficar com um exem-

---

[59] Op. cit., p. 119.

[60] Ver, entre outros, SILVA, Alberto da Costa e. *Francisco Félix de Souza, mercador de escravos*, Rio de Janeiro, Eduerj/Nova Fronteira, 2004; *Um rio chamado Atlântico*, Rio de Janeiro, UFRJ/Nova Fronteira, 2004, sobretudo o primeiro capítulo.

plo, a tendência aliterativa dos negros bantos reaparece na poesia e na prosa de Cruz e Sousa, sob a feição de recursos estilísticos:

> *Como negro que era, Cruz e Sousa deixa transparecer em sua linguagem a remota propensão para o falar aliterado.*
>
> *Os negros bantus da África, na sua incipiente gramática* [sic], *conhecem a concordância aliterativa, que é, aliás, um fato capital de sua estrutura fraseológica.*
>
> *Bently, ilustre africanólogo, fornece o exemplo:*
>
> O matadi mama mampembe mampewa i man mama twamvene.
>
> *O prefixo* ma *que aparece no substantivo* matadi *vem obrigatoriamente nos adjetivos, verbos e pronomes que ao substantivo se referem:* mama, mampembe *etc.*
>
> *[...] No seu estilo, encontramos, pois, vestígio da linguagem dos seus ancestrais.*[61]

Talhado para vencer, pelo físico e pela origem, um desabafo antiescravista público arruinou Damião, que conheceu então o desemprego, a cachaça, as vendas do porto cheirando a peixe frito, os pretos malvestidos. Reatou antiga amizade com a noviche (filha de santo) Genoveva Pia, especialista em dar fuga a escravos, se fez seu colaborador e conheceu a cadeia, acabando por liderar a campanha abolicionista em São Luís; proclamada a República, correu o boato de que os novos donos do poder iam executar a Princesa Isabel, centenas de escravos saíram à rua, confusos e irados, Damião, embora sentimentalmente monarquista, tentou apaziguá-los – e quase foi linchado; reencontrou uma paixão da juventude, abençoou um filho que se fez marinheiro; na penúltima página do livro conhece o trineto; na última, desvenda o crime do bar.

Em *Os tambores de São Luís* ninguém foi vencido: nem a Igreja ordenou um negro, nem o negro retrocedeu à sua reles condição

---

[61] COUTINHO, Afrânio (selecionador). *Cruz e Sousa*, Rio de Janeiro, Civilização Brasileira/MEC, 1979, pp. 221-223.

de doméstico, burro de carga – *boxeur*. Com o tempo, a elite maranhense cercou Damião de reverências. Evoluiu a elite? Aparentemente, sim. Na verdade, quem *evoluiu* foi ele, clareando. Como Machado de Assis – escuro nas fotos de juventude, quase um caucasiano nas da velhice –, fez esquecer pela erudição e talento que era de cor, embora o seu caso, como o de Cruz e Sousa, aliás, fosse mais difícil: Damião e Sousa eram *inquestionavelmente* negros.

A sociedade maranhense, articulando sua face urbana com aquela de onde viera Damião, pouquíssimo mudou na segunda metade do século XIX, apenas desdobrou uma longa decadência econômica.[62] O próprio Montello, em *Noite sobre Alcântara*, narra um de seus capítulos: o açúcar vai embora, vão embora o gado, a extração do sal, os pés de algodão. Retornam os babaçuais.[63] Ficam os sobrados em que só se ouve o ranger de redes na armação. Nas portas de andiroba, aroeira e maçaranduba, as aldrabas de bronze deixaram de bater. Enquanto brancos orgulhosos reforçavam, por compensação, seu poder simbólico, cabe exclusivamente a negros pretensiosos como Damião *cair na real*. Lima Barreto, embora em outro contexto, chamou a isso "decair de si mesmo":

> *Dês que me dispus a tomar na vida o lugar que parecia ser de meu dever ocupar, não sei que hostilidade encontrei, não sei que*

---

[62] "A decadência [de Alcântara] começou no quinquênio de 1865 a 1870, concorrendo para isso vários fatores. O maior, sem dúvida, foi o incremento da indústria açucareira na província. As terras de Alcântara, por serem areentas, são impróprias à lavoura canavieira, lavoura que tem o seu habitat no Pindaré, Mearim e Baixo Itapecuru, onde, entretanto, o seu desenvolvimento vinha sendo sopitado, naquela época, pelas dificuldades de transporte." VIVEIROS, Jerônimo de. *Alcântara no seu passado econômico, social e político*, 3ª ed., São Luís, Fundação Cultural do Maranhão, 1977, p. 89. Ver em especial ALMEIDA, Alfredo Wagner B. de. *A ideologia da decadência*, São Luís, Ipes, 1983.

[63] "Cumpre registrar ainda, com relação à época da Primeira Guerra Mundial, a definição da importância industrial do babaçu, – cuja exportação se iniciou em 1915 – em consequência da 'fome de óleos vegetais', característica desse tempo. E na zona tocantina do Maranhão, a exploração da seringueira e da mangabeira das serras se associando ao nomadismo pastoril dos sertanejos." BRUNO, Ernani da Silva, *História do Brasil, geral e regional, vol. 2 – Nordeste,* São Paulo, Cultrix, 1967, p. 176.

estúpida má vontade me veio ao encontro, que me fui abatendo, decaindo de mim mesmo, sentindo fugir-me toda aquela soma de ideias e crenças que me alentaram na minha adolescência e puerícia.[64]

Para dizer da dor que implica esse *decaimento de si próprio* – não de um "complexo de inferioridade" preexistente – está a ficção. Ao dizê-lo, ela ironiza, no sentido de mostrar ao mentiroso a verdade da sua mentira, a *democracia racial*. É a ficção que recolhe a solidão, a angústia, a raiva, o façanhismo do negro no *mundo dos brancos*.[65] A recolha (note o leitor que não digo representação) dessa paixão pela literatura tem sido feita de duas maneiras principais: diretamente quando o autor *não acredita* na democracia racial – um Oliveira Camargo, um Fernando Góis, os escritores reunidos na série *Cadernos Negros* (poesia e prosa); e indiretamente, enviesado, nas entrelinhas. Esta ocorre em duas situações:

1) quando o intérprete (ou crítico) *não acredita* na democracia racial e desentranha o oculto ou recalcado na narrativa, revelando o indeterminado que jaz no fundo falso do determinado. Um bom exemplo é o de Roger Bastide, que renovou a análise da poesia de Cruz e Sousa, demonstrando que ele pensou a *noite*, um dos temas do simbolismo, como africano, não como europeu. Isso sem falar na *nostalgia pela brancura*, que Bastide reinterpreta como esforço de ascensão do homem de cor, não como alienação ou complexo de inferioridade – num e noutro caso fenômenos preexistentes à circunstância histórica;[66]

---

[64] BARRETO, Lima. *Recordações do escrivão Isaías Caminha*, São Paulo, Brasiliense, 1956, p. 41.

[65] FLORESTAN, Fernandes. *O negro no mundo dos brancos*, São Paulo, DIFEL, 1972.

[66] "No nosso primeiro estudo, vimos na nostalgia da brancura o esforço de ascensão social do homem de cor. Desejamos ver agora, no lado noturno do nosso poeta, o que ele colocou de sangue negro, de heranças ancestrais nas veias dos seus poemas." COUTINHO, Afrânio (selecionador). *Cruz e Sousa*, Rio de Janeiro, Civilização Brasileira, 1979, p. 164.

2) quando o autor *acredita* na democracia racial e, caindo numa cilada, escreve uma coisa e diz outra. O raciocínio não serve, é claro, para os autores de antes do século XX, quando não se colocava a questão da *democracia racial*, um Gregório de Matos, um Martins Pena, dois irônicos naquele sentido que defini acima. Mas é bem o caso de Montello em *Os tambores de São Luís*.

São Ovídio

O DAMIÃO DE JOSUÉ MONTELLO sublima sua divisão de negro culto numa terra de escravos por meio da ideologia dos amos. Se referindo à ideologia política de Damião, especialmente a sua posição diante da campanha abolicionista, Franklin de Oliveira diria que Montello aprisionou Damião num "humanismo abstrato".[67] O estilo (a forma) apropriado à narrativa desse aprisionamento é o estilo conspícuo, sacristão, de Montello. No seio da Igreja, só nele, a contradição sociorracial se concilia, daí a sua importância naquele mundo. A religião católica, soberba, onipresente, é a crença em que *se está*, não a que *se tem*. Damião, apesar da sua rebeldia, vê sua vida como um plano de Deus – o pai quilombola, ele padre; e o próprio latinismo que o faz respeitável é do *habitus* da Igreja. São Ovídio.

Ora, uma das vertentes principais desse humanismo abstrato universal, no Brasil, é precisamente a ideologia da democracia racial: enquanto o latinismo (expressão particular daquele humanismo) é apanágio de Damião, a democracia racial é apanágio da elite que o recebe. De fato, a proposição supremacista, que choca o leitor crítico nas últimas páginas ("*É mais para branco que para preto, moreninho como um bom brasileiro*"), se baseia na atroz ironia

[67] Essa leitura "esópica" de *Os tambores de São Luís* está em OLIVEIRA, Franklin de, op.cit., pp. 62-63.

da democracia racial. Ela não existe *realmente* no mundo em que Damião viveu, um caso modelar de dominação oligárquica, em que as relações raciais, societárias e de gênero são, por assim dizer, cruas, quase de castas. Não se constituiu ali, ainda, uma ordem moderna burguesa intermediária, como a que se desenvolvia no Sul e Sudeste. A primeira vez em que Damião sai de batina desperta o furioso racismo popular. Era a diferença entre o Rio e o Maranhão. Como a democracia racial existirá, contudo, na cabeça do autor, Montello, cem anos depois (1978), Montello *estará* no mundo de Damião como autor – e aqui se vê como a invenção do narrador destacado do autor, ideia fixa da *nova crítica*, não passa de uma terceirização da crítica. Montello e o narrador são a mesma pessoa. A crença na democracia racial é que o leva, retrospectivamente, a transformar Damião num "humanista abstrato". O narrador é protagonista de si mesmo. Esse é o fato externo à obra que lhe serve de chave, abrindo a compreensão crítica do seu conteúdo e da sua forma, separados e concomitantemente.

O romance de Montello é em círculo: o fim já está dado no começo. O Damião do quilombo de seu pai é o mesmo que, setenta anos depois, caminha na noite para conhecer o trineto. Damião, o mesmo ser preto do quilombo e da fazenda, só que em nova situação, velho e conspícuo, não sofrerá mais preconceito, a sociedade "evoluiu" e ele clareou. Sua manha e oportunismo, no entanto, existiram tal como em Cosme Bento das Chagas, chefe balaio, "Imperador, Tutor e Defensor das Liberdades Bem-Te-Vis", que, pela mesma época, vendia títulos e honrarias aos seus companheiros quilombolas no interior da província.[68]

---

[68] O quilombo de Cosme, entre as barras dos rios Tutoia e Priá, acompanhou a Balaiada (1838-40). Franklin lembra que outra foi a posição de Souzândrade (1833-1902): "Sousândrade não só postulou a Abolição e a República, como enfrentou a problemática internacional. Ao mesmo tempo em que se empenhou em fundar a consciência continental da América Latina, assumiu posição anticolonialista e pró-proletária, denunciando as contradições do capitalismo." Descontando o exagero, vale o registro dessa outra possibilidade. Op. cit., pp. 62-63.

Pele negra, máscara branca

BARÃO, OUTRA PERSONAGEM-CHAVE, tinha uma regra para ser feliz como escravo: agradar ao seu velho senhor e *pincelar* brancas por aí. De vez em quando fugia, voando uns tempos como os pardais de São Luís; depois regressava, entrando de surpresa pela casa do outro adentro, o ar faltoso, o sorriso nos lábios. Nutria quase amor por aquele patrão velho, incapaz de sair sozinho à rua, ganhar a vida, acender o fogo, recolher o penico. Era um bom amo, embora algo ranzinza, Barão o via como pessoa, dele recebia charutos e confidências, o senhor se vestia mal, o preto bem. Tinham quase a mesma idade, mas enquanto o branco arrastava seu reumatismo, o escravo, desdenhando a alforria, era permanente candidato a *comer* quantas brancas se assanhassem pro seu lado. Não era um alienado, em absoluto. Sabia do sofrimento do eito, media bem a distância que o separava dele. Apenas não via redenção para seus iguais; e tinha um plano: *pincelando* brancas, ele e demais pretos interessantes e espertos diluiriam na mulatice a negritude inviável. O simétrico de Barão é Benigna, *mulata lasciva* que acabará por se regenerar através do amor sincero de Damião.

Há quarenta anos, o psiquiatra martinicano, argelino por adoção, Frantz Fanon (1925-1961), trabalhando sobre experiências clínicas e ficção literária, publicava *Os condenados da terra* e *Pele negra, máscaras brancas*.[69] Fanon demonstra aí que a primeira angústia do negro vem de que toda civilização – conjunto de objetos criados pela ciência e a técnica – se apresenta como branca. Exceto na sua periferia – um Juliano Moreira no Brasil, por exemplo[70] –, o homem negro não "descobriu" nenhuma nova lei sobre o funcionamento da matéria, nada de relevante inventou em tecnologia. Desde a Antiguidade clássica, teria sido apenas proletário: produz a riqueza, mas não a renova.

---

[69] Respectivamente, Rio de Janeiro, Civilização Brasileira, 1968; Porto, A. Ferreira, s/data.

[70] A obra psiquiátrica e científica de Juliano Moreira (1873-1933) está reunida em mais de cem títulos. Ver LOPES, Nei. *Enciclopédia brasileira da diáspora africana*, São Paulo, Selo Negro, 2004.

Para Fanon, o negro portador dessa angústia é uma criatura do colonialismo. De fato, no final do século XV, quando se encontraram, América, Ásia e Europa se equivaliam em riqueza material, saber e domínio da natureza, embora a Europa estivesse um pouco adiante em meios de matar e se transportar (Fernand Braudel). A superioridade dos europeus não é ontológica, para sempre dada, do seu ser branco, mas histórica, engendrada pelo modo de produção capitalista a partir, digamos, das Grandes Navegações dos séculos XV e XVI. O racismo, mais explícito, e o supremacismo, mais dissimulado, dos tempos modernos são *discursos de atribuição*, racionalização pós-fato, criação fantasmagórica do amo que se impõe como realidade ao escravo. Negro é o que vai se demonstrando hoje, é um sintoma da patologia do branco, não constitui realidade material, nem como *raça* – aliás, criação da ciência colonialista – nem como tipo psicológico.

Verbo intransitivo

SEGREGAÇÃO, EM QUALQUER DICIONÁRIO, é a separação física de populações, comum até a idade moderna, mais rara hoje. Num certo sentido, modernidade é a tendência à superação das segregações entre povos. Com o desenvolvimento da colonização, da imigração em massa, do avanço da fronteira econômica, das guerras mundiais, da antropologia, da geografia, do turismo etc., a segregação foi sendo superada, ao menos em termos gerais. Ela se manteve, como nos Estados Unidos e na África do Sul, por exemplo, no interior de conjuntos demográficos que já não eram, eles próprios, segregados, ao menos como se entendia segregação na Idade Média europeia. A segregação específica da modernidade foi o *apartheid* – nome do desenvolvimento desigual e, em termos, da guetificação. A norma (ou padrão) histórica brasileira é o contrário de segregação. É promiscuidade: ocupação do mesmo espaço físico por populações diferentes. Se quisermos um outro termo, poderíamos dizer contiguidade, mas o primeiro termo tem uma conotação sexual, mais próxima, precisamente, do que nos interessa aqui.

A *plantation* colonial reunia no mesmo espaço família e trabalho; afeição e produção se superpunham. Mesmo nos engenhos em que os trabalhadores se afastavam dos senhores, durante o dia, para trabalhar, dormiam, comiam e faziam festa no quintal da fazenda. A promiscuidade era perfeita nas tarefas domésticas, algumas caracterizadas por intercâmbio e fusão de corpos diferentes: produção da comida, amamentação, relação sexual, brincadeiras sadomasoquistas etc. A dominação social, no espaço promíscuo, fixa os estereótipos raciais que o Brasil conservará até hoje: o negro serviçal, a mãe negra, a mulata gostosa etc. A promiscuidade estava, também, nas zonas de pecuária (sertaneja e sulina), entre o branco socialmente desclassificado, o mameluco e o índio. Aparece, com menos força, na área extrativista amazônica e, ao lado da segregação, na única sociedade pré-moderna da Colônia que é a mineração.

Os episódios do fim do século XIX (Abolição e República) indicam uma nova onda de modernização, como a primeira grande modernização da língua. O português falado triunfa definitivamente sobre os idiomas indígenas (particularmente o tupi-guarani), os dialetos crioulos e a algaravia popular são definitivamente segregados. A Academia Brasileira de Letras se funda para supervisionar a imposição do idioma nacional, Machado de Assis se torna paradigma pedagógico, mas não tenhamos ilusão. Assim como a segregação esconde alguma promiscuidade (como na África do Sul durante o *apartheid*), a promiscuidade implica alguma segregação. Essa dialética (uma contida na outra) será uma "segregação à brasileira"; seu *campo inteligível*, onde se apresenta e faz sentido, é a educação familiar.

Na São Paulo do começo do século XX era costume famílias ricas com espírito moderno – como o industrial (tecidos) e criador de gado caracu Felisberto Souza Costa – terem governantas e preceptoras alemãs.[71] Sem que a esposa soubesse, Souza Costa con-

[71] Foi o caso de Caio Prado Júnior (1907-1990).

tratou com *Fräulein* Elza um serviço extra: a iniciação sexual do menino da casa, Carlos de Souza. Temia que Carlos se tornasse homem com putas ou molecas negras, na tradição brasileira. Queria sexo seguro (como diríamos hoje) para o herdeiro, fugindo de doenças sexualmente transmissíveis, como a sífilis. Criador de touros, almejava substituir, no palacete da avenida Higienópolis, a familial promiscuidade antiga pela profilaxia dos países que não conheceram a escravidão. O modelo não podia ser a família francesa, um pouco efeminada, viciada pela morfina e as artes, mas a da imperial Alemanha com suas educadoras wagnerianas, disciplinadas, limpas. Em casa dos Souza Costa, negras só na cozinha (embora dona Laura Souza Costa tivesse cabelo de ondulações suspeitas), como criado um japonês, Tanaka. A educação moderna da família brasileira só será possível pela segregação de base sexual: contra a promiscuidade, a profilaxia. Não esperavam que *Fräulein*, 35 anos, e Carlos, adolescente, se apaixonassem, cada um a sua maneira. O amor não pede complemento para fazer sentido. Carlos se torna homem, vai pra um lado, *Fräulein* pra outro. Esse primeiro romance de Mário de Andrade (idílio, como o chamou, 1927) é cinematográfico, as cenas, conduzidas, como nos filmes, por um narrador querendo mostrar o inconsciente dos protagonistas, desenhando-os com nitidez, a giz forte. A linguagem é toda errada, no sentido português da gramática que se aprendia na escola; do ponto de vista brasileiro, porém, está certa: o escritor sistematiza os modismos da língua que se fala.

A onda de modernização seguinte, da era Vargas, a maior que nos atropelou, até hoje, gerou um compromisso entre a promiscuidade e a segregação, a cultura do populismo. É quando nascem o "melhor futebol do mundo" e o "país do carnaval". Pelo menos uma peça de Nelson Rodrigues, *Anjo negro*, expressa esse conteúdo de ideias, a díade segregação/promiscuidade, desvelando o mito da democracia racial.

Se aplicássemos as mesmas categorias ao que se passa na atualidade, começaríamos pelo impacto da última modernização brasileira, expressa, por exemplo, em *Quase dois irmãos* (2004), filme de

Lucia Mürat. Ali se vê a promiscuidade como utopia brasileira e, ao mesmo tempo, tecido social. Seu esgarçamento se dá nas duas últimas gerações: a violência que a utopia ocultara passa a mediar as relações entre brancos e negros. Aqui se vê, também, a dialética promiscuidade-segregação, a moça branca deseja o negro, o rapaz negro deseja a moça só que, diferente do passado, suas relações são mediadas pela violência crua, sem amortecedores: o tecido social se esgarçou. No capitalismo tardio que vamos vivendo surge nova segregação, que atinge, agora, o mundo das aparências. O padrão mercantil de beleza tem de conciliar o padrão brasileiro (elaborado na longa fase da promiscuidade) com o padrão global (determinado pela especialização do mercado global) É a fase da loura bunduda, um novo grotesco.

V

UM ANJO CHAMADO MOUSE

De nada serve partir das coisas boas antigas,
mas das coisas novas e ruins.

Bertolt Brecht

Em 1972, a Faculdade de Letras da Universidade Lumière, Lyon, me convidou para dar um curso de extensão com tema à minha escolha. Escolhi mostrar a influência de escritores franceses – Montaigne, Rousseau, Chateaubriand, Le Breton, Saint-John Perse... – sobre os nossos. Na primeira aula (eram estudantes de literatura, filosofia e história) perguntei que autores extracurriculares haviam lido ultimamente. A maioria respondeu "Polô Coelô". Mais tarde, na sala de professores, além do assédio de um latinista ameaçando tirar ao violão o "Garota de Ipanema", vários, com olho rútilo, quiseram saber se eu privava da amizade do autor de L'Alchimiste. Passando por Bolonha, novo susto: as vitrines do principal editor de esquerda, Feltrinelli, exibiam, de cima abaixo, o Na margem do rio Piedra eu sentei e chorei. *Foi o que fiz, sem o rio.*

De volta a meus alunos, na Ilha do Fundão, com tranquilidade e método, tentei responder a duas perguntas que então me incomodaram. Por que um autor tão medíocre fez tanto sucesso, dentro e fora do Brasil? *E em seguida*: Por que nós, os professores de literatura, o achamos tão medíocre? *Gore Vidal conta que numa cidadezinha do Meio-Oeste, após uma conferência (anos 1970), uma velhinha pediu para lhe fazer duas perguntas: "Primeira: O que posso fazer aqui, neste canto de mundo, para combater o comunismo? Segunda: O que é comunismo?"*

O mouse e o anjo[1]

O PRIMEIRO GRANDE EDITOR de Paulo Coelho me garantiu ser ele um "gênio de marketing". Coelho sempre calibrou inteligentemente sua imagem pública – hippie, poeta, subversivo, mago, alquimista, peregrino, bruxo, nigromante, louco, esotérico, conselheiro espiritual e, ultimamente, imortal das letras. Ele domina a técnica de vender a própria imagem – certa época garantia fazer chover e, nas fichas de hotel, informava: "profissão mago". Como se não bastasse, montou uma autobiografia[2] em que se apresenta, entre outras coisas, como combatente contra a ditadura e, ainda hoje (2006), tira partido de uma internação em casa de saúde psiquiátrica para se apresentar como "perseguido pela autoridade". Em suma, um intelectual espetaculoísta, buscando fincar raízes na respeitável tradição espiritualista do Ocidente, que vem, para não ir longe, da goética e de Aleister Crowley (1857-1947).[3] Já a técnica de marketing não é novidade para a indústria editorial e, em nosso caso, pode ser datada da célebre circular de Monteiro Lobato aos vendeiros de todo o país nos anos 1930:

> *Vossa Senhoria tem o seu negócio montado e quanto mais coisas vender melhor será o lucro. Quer vender também uma coisa chamada "livro"?*[4]

Ocorre que hoje já não se vende, a qualquer custo, o produto, mas a pessoa. A rigor nem esta, mas a sua imagem. No caso de Coelho, houve uma associação entre a empresa e o *marqueteiro*

---

[1] Inverti o título feliz de Alain Buisine, *L'Ange et la souris*. Paris, Zulma, 1997.

[2] Ver "O Manifesto de 2001", in: *Revista 2001*, Rio de Janeiro, abril de 1972; *Paulo Coelho por ele mesmo*, São Paulo, Martin Claret, s/data e *Confissões de um peregrino*, Rio de Janeiro, Objetiva, 1999.

[3] Ver SANTOS, Joel Rufino. *Paulo e Virgínia. O literário e o esotérico no Brasil atual*, Rio de Janeiro, Rocco, 2001.

[4] Para a íntegra da circular, ver, entre outros, CAVALHEIRO, Edgard. *Monteiro Lobato: vida e obra*, vol. I, São Paulo, Editora Nacional, 1956.

genial, repetindo José Mauro de Vasconcelos (1920-84), dos anos 1960. São trajetórias comerciais, sem correlação com o desenvolvimento intelectual e literário dos autores.

Uma questão que se repõe (já se pôs no passado) é por que e como um autor em língua não anglo-saxã consegue ingressar no *top* da publicação global. Houve uma pequena dose de acaso, mas Coelho apresenta alguns requisitos (talvez seja melhor dizer *conveniências*, aliás o nome das lojinhas instaladas atualmente em postos de gasolina) indispensáveis ao sucesso literário global. Primeiro, não pertencer à tradição de *pedantismo* da literatura brasileira: sua prosa talvez possa ser vertida para qualquer língua escrita do mundo sem prejuízo – em francês, inglês e italiano até "melhora". Segundo, representante da literatura de massa, Coelho lhe acrescenta certo talento narrativo, embora lhe faltem, em compensação, desde logo, ingredientes tradicionais favoráveis em autores do Terceiro Mundo, como o exotismo e a marca ideológica de esquerda.

Qual o talento específico de Coelho? Contar bem, que é a habilidade de falar sem dizer: a prosa de Coelho é o que, antigamente, se chamava acaciana. Para desenvolvê-la, garimpa nas tradições esotéricas do *mundo todo* fábulas e anedotas que expressem um conteúdo – ele diz "mensagem" – também acacianas: o "conhece-te a ti mesmo", o primado do espírito sobre a matéria, a determinação do invisível sobre o visível, a realidade do anjo da guarda, o valor da intuição, a *lenda pessoal* etc. Para muitos críticos, essa massa de senso comum esotérico o classificaria como um *naïf* das letras. Eu o vejo de outra forma: não se trata de um ingênuo arcaico (de sucesso, portanto, artificial), mas de um representante da nossa modernidade tardia (de sucesso, portanto, *natural*).

O esoterismo contemporâneo – que convém distinguir do ocultismo – é uma produção ideológica da modernidade recente, que Anthony Giddens e outros[5] demonstraram ser uma reprodução infindável de *sistemas de confiança*. Ninguém sabe, por exemplo,

[5] Ver GIDDENS, Anthony. *As consequências da modernidade*, São Paulo, UNESP, 1991.

salvo os especialistas, como funcionam os aparelhos que usamos todos os dias – o rádio, o telefone, a televisão, o automóvel, o computador, o micro-ondas. *Confiamos* em que eles funcionam, eis tudo. Se vamos nos operar, pedimos ao médico que nos explique a operação, mas esse conhecimento é apenas um milésimo do que vai se passar – sem *confiança* num saber específico, fora do nosso alcance, não nos operaríamos. No plano da economia e sociedade, igualmente. Ninguém precisa saber como funciona o mercado de capitais para comprar ações ou emitir um simples cheque – *confia-se* que, *como quer que seja*, seu investimento será remunerado ou sua assinatura honrada. O corpo da ciência e da tecnologia atuais funciona como uma espécie de língua universal que dispensa cada falante de pensar, a cada vez, nos significantes – eles são arbitrários na sua origem, mas *confiáveis* na sua utilização. Pois bem, essa *confiança estruturante* da vida sob a modernidade é confiança em *sistemas peritos*. Eu *confio* em que os médicos, os eletricistas, os agentes financeiros (os peritos) etc. sabem por mim. Eu não poderia viver se não *confiasse* neles. Não se trata de qualquer confiança, como a que leva um fazendeiro, por exemplo, a semear todo ano porque *conhece* o regime do solo: não há, nesse caso, qualquer "rendição do ego".

A confiança específica da Modernidade é outra; é, essencialmente, a confiança no dinheiro: ela realiza a unidade entre a ideia do ser e o próprio ser (a ideia de dinheiro hoje, convenhamos, pouco tem a ver com a do tempo de Camões). A política, igualmente, é um *sistema perito* de governo: os políticos sabem como governar (os que eu escolhi, pelo voto, mais do que os outros) e basta eu confiar neles. Os sistemas peritos, abstratos, são acessíveis por meio de técnicos com *rostos confiáveis*. Ninguém confia num agente financeiro sem terno e gravata, num médico de roupa berrante, num político de rabo de cavalo, num craque de futebol de óculos etc. Se pensarmos no mundo sobrenatural como uma abstração confiável (como a eletrônica, a medicina ou o mercado de capitais), Paulo Coelho será um perito de rosto confiável que nos garante o acesso a esse mundo.

Mas atenção: o contrário de confiança não é desconfiança, um termo fraco. É angústia – não por acaso tema de grandes romances e poemas –, uma ansiedade existencial funda e persistente, uma queda no vazio que nos tira do mundo em que vivemos. A reflexividade (não a racionalidade) que caracteriza a literatura esotérica contemporânea funciona como remédio para essa angústia, mais uma *confiança* do que uma crença, sendo, portanto, perfeitamente moderna.

Ocorre que a voga esóterica aumenta sem cessar em nossa civilização e devemos buscar uma segunda razão para explicá-la, além da generalização da confiança em sistemas peritos. Essa pode ser a *cibernitização* das comunicações, sob as formas mais comuns do computador e da internet. O computador é, para começar, um sistema perito: embora nenhum de nós saiba explicar como funciona, confiamos, ao ligá-lo, que nos dará acesso à rede; confiamos, além disso, que essa rede é real. A um clique do mouse, nos transportamos instantaneamente (à velocidade da luz) pelo que os antigos chamavam *éter* (o ciberespaço) a qualquer ponto da rede. Ciberespaço o que é? Um mundo de luz, mas também se poderia usar a imagem de um vazio escuro em que os sinais vão retraçando rastros de luz, como uma cidade iluminada à noite.

O computador é uma epifania: na tela do computador nada se representa; o texto, por exemplo, não tem história, como no manuscrito, ou na máquina de escrever – que guardam o texto emendado. No texto do computador, não há rascunho ou borrão, o que você escreveu se esvai: é deletado. Não é apagado, é deletado (de *deletere*, destruir, como se vê, por exemplo, em *Delenda Cartago*, ou em *deletério*, destrutivo). Assim, os programas de editoração eletrônica vão realizando a utopia do capitalismo: o fim da história, o presente perpétuo. Nada mais esotérico, portanto, que o ciberespaço. E nada mais parecido com um anjo do que o mouse – branco, onipresente, onisciente, consolador, instantâneo, se deslocando em tempo real como os anjos.[6]

---

[6] Michel Serres (*A lenda dos anjos*, São Paulo, Aleph, 1995, *Luzes*, São Paulo, Unimarco, 1999) e Alain Buisine (de quem inverti o título, *L'ange et la souris*, Paris, Zulma, 1997) ofereceram explicações interessantes sobre o angelismo.

Na aparência, a voga de esoterismo que varre o Ocidente (desde, digamos, a *New Age*, no começo dos sessenta do século passado) é um contrassenso na idade da ciência e da técnica. Na realidade, não há contrassenso algum: a revoada de anjos foi gerada pela mesma difusão da ciência e da técnica propiciada pela *sociedade do espetáculo.*[7] Anjos são o seu acólito, o seu *pendant.* Nada mais moderno, nos dois sentidos (de *hodiernus*, que está acontecendo hoje; e de típico da idade moderna) do que mouses e anjos.[8]

São essas coordenadas (*confiança* e *caráter etéreo do ciberespaço*) que situam Paulo Coelho como um autor-testemunho da modernidade tardia brasileira. Esse o *conteúdo de ideias*, a partir do qual a crítica poderia empreender a compreensão da literatura do autor de *Brida.*

Cartonados em Leipzig

O CASO DE ADOLFO CAMINHA (1867-97) é conhecido de qualquer estudante aplicado de literatura brasileira: vida atribulada, literatura panfletária e, no entanto, de qualidade.[9] Caminha é, por assim dizer, o marginal bom. Coelho é o marginal mau, desprezado pelos intelectuais brasileiros que, ao contrário dos estrangeiros, não o leem e não gostam. No plano da crítica isso faz a balança pender a favor dele, pois o *dever* mínimo da crítica é se interessar pela literatura viva – o conjunto de autores que se lê –, não a morta.

---

7 Como se sabe, a expressão foi usada como categoria, pela primeira vez, por Guy Débord em *A sociedade do espetáculo*, Rio de Janeiro, Contraponto, 1997.

8 Sobre angelismo e computadores, ver também SERRES, Michel. *A lenda dos anjos*, São Paulo, Aleph, 1995; e *Luzes*, São Paulo, Unimarco, 1999.

9 Lúcia Miguel Pereira, *História da literatura brasileira,* v. XII, 2ª ed., Rio, p. 173: "Mas esse livro [*Bom-Crioulo*], ousado na concepção e na execução, forte e dramático, humano e verdadeiro, é, a despeito dos senões apontados, com *O cortiço*, o ponto alto do naturalismo. [...] Até o mau gosto por vezes desagradável de Caminha como que torna mais convincente a triste condição dos homens que evoca [...].

Uma coisa é o gosto do crítico (ou do professor de literatura), outra é o seu *dever normativo* e, no caso do professor de literatura, *pedagógico*. Paulo Coelho é *ruim*, mas isso não pode ser concluído de antemão, nem servir de pretexto para excluí-lo dos programas de cursos. A negação não suprime a coisa negada, mas o negador.

Por que os professores de literatura denegam – que é mais do que negar – Paulo Coelho?

A resposta é complexa, mas começo pela hipótese material. Professores de literatura, organizados *burocraticamente* em departamentos, poriam em risco seus empregos se tivessem liberdade para dizer o que é literatura. O que é literatura está definido previamente, de forma coercitiva, pela instituição faculdade de letras, de que são funcionários. A instância burocrática "departamento" tem a função de proteger essa definição tácita, funciona como sistema preventivo de crises da definição. Como toda *ideologia*, essa definição se institui aos olhos dos usuários como verdade insofismável.

Essa é a base material da definição de literatura com que trabalham os professores de literatura das faculdades de letras. É ela, em *última instância*, a fonte do pacto pedagógico, verdadeira *ética* profissional, que lhes permite aceitar uns autores (Rubem Fonseca, por exemplo) e recusar outros (Paulo Coelho, por exemplo) como bons escritores.

A base material da definição de literatura não se restringe, contudo, à instituição faculdade de letras. Sua base ampliada inclui a materialidade do cânone, ou estante clássica, e, além dela, a do gosto literário individual. A estante é o conjunto de obras recomendadas como exemplares[10] pela tradição, esta também de base institucional e, portanto, material. Na Colônia, mesmo não havendo mercado de livros, havia instituições (o Colégio dos Jesuítas; as academias e cenáculos) que perpetuavam e refundavam o cânone. Posteriormente, com a ampliação do aparelho de ensino,

---

[10] O primitivo sentido de "clássico" é: aquele que deve ser imitado.

os manuais – como aqueles cartonados em Leipzig com que o diretor Aristarco atochava as províncias todo começo de ano[11] – e as "sebentas" (apostilas) difundiam a estante clássica. A estante é o campo de força dentro do qual, exclusivamente, se produz e reproduz incessantemente a definição do que é literatura. Os seus zeladores principais são a Academia Brasileira de Letras e as faculdades de letras.

Mas há ainda, como disse, o gosto de cada professor. Sua variação dá a impressão de liberdade na escolha do que é boa literatura e do que não é. Por que Clarice Lispector e não Zé Lins do Rego, por exemplo, Caio Fernando de Abreu e não Godofredo de Oliveira Neto? O gosto literário (que, em geral, se esconde sob a "objetividade" das ementas) transita entre os catálogos de cinco grandes editoras (do Rio e de São Paulo) e as resenhas encomendadas dos poucos suplementos literários (do Rio e de São Paulo). Embora "livre", não é arbitrário.

Esse é provavelmente o principal motivo de os professores de literatura denegarem Paulo Coelho: não consta da estante clássica. Sendo os cursos superiores de literatura agências ideológicas da reprodução da definição tradicional de literatura, os professores estão *materialmente* impossibilitados – o salário é o seu vínculo principal – de transgredir essa definição. Esse o sentido da sentença terrível de Augusto Comte: "Os vivos são sempre e cada vez mais governados pelos mortos." É possível libertá-las? O Barão de Itararé, aí por 1950, glosou a maldição de Augusto Comte (1798-1857): "Os vivos são sempre e cada vez mais governados pelos mais vivos." Quem serão, em nosso caso, os *mais vivos*, únicos capazes de nos libertar do governo dos mortos?

---

[11] "Eram boletins de propaganda pelas províncias, conferências em diversos pontos da cidade, a pedidos, à sustância, atochando a imprensa dos lugarejos, caixões, sobretudo, de livros elementares, fabricados às pressas com o ofegante e esbaforido concurso de professores prudentemente anônimos, caixões e mais caixões de volumes cartonados em Leipzig, inundando as escolas públicas de toda parte com a sua invasão de capas azuis, róseas, amarelas" etc. etc. POMPEIA, Raul. *O Ateneu*, Rio de Janeiro, Livraria Francisco Alves, 1956, p. 8.

A maldição de Comte

É FÁCIL NOTAR NO BRASIL a enorme distância entre a literatura de *entretenimento* e a literatura *culta* (ou erudita, ou de proposta, como prefere José Paulo Paes). Não se trata da mesma distância entre a literatura oral e a escrita dos primeiros séculos, mas de uma novidade criada pela indústria cultural. Na literatura culta, a singularidade de cada autor é imprescindível, é o seu *estilo* – na aparência, uma virtude abstrata; na realidade, a maneira peculiar com que cada escritor *formata* sua experiência do mundo. Nenhum leitor culto confunde Alejo Carpentier (1904-80) com Graciliano Ramos, digamos, e não apenas porque um escreveu em espanhol e fez de Havana seu cenário principal, o outro em português e assentou seus romances em Alagoas. Já na literatura de *entretenimento* (ou de massa), a singularidade do autor é desnecessária, seria um estorvo, uma vez que seu objetivo é satisfazer – com emoções *lights* e questionamentos *diets* – o maior número de leitores. Como produto da indústria cultural, ela visa economizar a libido dos consumidores, esse o significado principal de *entreter*, que se manteve melhor, aliás, no inglês (*entertainer* é o anfitrião e também aquele que introduz os atores em cada cena do espetáculo, precisamente o que se espera do autor desse tipo de literatura: que apenas *introduza*, sem singularidade autoral). A função ideológica do best-seller, como escreveu alguém, é apresentar o capitalismo sem fricção, mesmo que seus autores, pessoalmente, não o aceitem. A literatura de *proposta* (culta) é, ao contrário, a que põe problemas diante do leitor, explícita ou implicitamente, para que ele o solucione virtualmente.[12]

A distinção (que reduzi deliberadamente a dois elementos: singularidade e problematização) não significa que a literatura de massa

---

[12] Um exemplo entre muitos é o amor do imperador Adriano por Antínoo, *proposto* por Marguerite Yourcenar (*Memórias de Adriano*, Rio de Janeiro, Nova Fronteira, 7ª ed., 1980). Mesmo o leitor heterossexual vivencia o romance e seu desfecho trágico. O talento de Yourcenar foi capaz de nos seduzir ("desviar do caminho", no sentido latino).

desconheça completamente os atributos da outra, e vice-versa. Muito pelo contrário: o conjunto da produção literária (de uma época ou de um país) pode ser visto como um *continuum* que a crítica literária e o ensino de literatura devem considerar – se de fato desejam escapar à maldição de Augusto Comte. *Memórias de um sargento de milícias*, que traz a marca do seu autor, é de entretenimento ou de proposta? E *Senhora*, que funcionaria bem como *script* da novela das oito, acaso não problematiza a "moda" da ascensão social no Segundo Reinado etc.? A separação das duas espécies só se deu mais tarde. O modernismo, ainda que buscasse a identidade e a *raiz nacional*, é que alargou o fosso – o povo nunca tolerou o verso livre; e um criador como Oswald de Andrade tinha relativa razão ao dizer que produzia um biscoito muito fino para o sabor popular. Ao vencedor as batatas: a radionovela será o teatro dos pobres.

Com a indústria cultural, que coincide com a chegada do modernismo,[13] se rompe o *continuum* de literatura de entretenimento (que logo se tornaria de massa) e a outra. Os professores brasileiros de literatura creem estar lidando com fenômenos antagônicos – *professores brasileiros* porque só aqui o leitor não se formou por etapas sucessivas, só aqui ele não passou dos "autores fáceis", como Defoe (1660-1731), Manzoni (1785-1873), Emily Brontë (1818-1848), Dumas, pai (1802-1870), aos "difíceis", como Thomas Mann (1875-1955), Dostoiévski (1821-1881), Henry James (1843-1919) etc. Não se formou aqui o público de classe média, minimamente instruído, que consagraria, nos países de formação nacional "normal",[14] bons autores "fáceis" como H.G. Wells, Edgar Wallace, Rafael Sabatini, Agatha Christie e tantos outros. Como se vê, foi um *corte mercadológico* que ocasionou um *corte epistemológico* e, enfim, um *pedagógico*. Os professores brasileiros de literatura ten-

[13] "Coincide" é um modo de dizer. Ambos são manifestações da mutação histórica provocada pelo capitalismo financeiro e a revolução tecnológica (o automóvel, o telefone, o rádio etc.).

[14] "Normal" por oposição a tardia e inconclusa, como é o nosso caso.

deram a valorizar unicamente a forma literária dos autores cultos, se distanciando de vez da literatura de entretenimento. Permanecem cegos aos degraus intermediários do "*masscult*" (romances da série "Sabrina", por exemplo) e do "*midcult*" (como os romances de Jorge Amado). Se perdem em juízos de valor antes de submeterem o material disponível – a literatura *que se lê* – a análise e classificação. Um mesmo autor, aliás, pode produzir um livro de *nível médio* (*midcult*), como o Hemingway de *Por quem os sinos dobram*, e um de *problematização*, como *O velho e o mar*, podendo cada um ser encarado de uma forma ou da outra.

Pois é certo que a literatura de *problematização* (ou culta, ou erudita, ou simplesmente "a literatura") também é de entretenimento, embora de natureza mais sutil. Um leitor de Clarice Lispector, ou de Raduan Nassar, procura nos seus livros o mesmo que uma operária ao comprar numa banca de jornal o seu "Perry Rhoden", ou um executivo o seu Sidney Sheldon na livraria do aeroporto: se entreter. E o leitor de Paulo Coelho? A essa alienação básica, Coelho veio acrescentar, com algum talento, o *angelismo*, a moda dos anos 1990.

Revoada de anjos

NA SEGUNDA METADE DO SÉCULO XX, um bando de anjos levantou voo da Califórnia, atravessou o Atlântico em direção ao leste, invadiu a Europa; outro, em direção ao sul, cobriu os céus de Venezuela, Colômbia, Peru, Chile, Argentina, Uruguai, Brasil – de qualquer país com uma classe média instruída, consumidora de livros. À frente, anjos mensageiros divinos e anjos da guarda. Muito brancos, se multiplicaram a uma velocidade vertiginosa, reacendendo superstições antigas em almas simples, propensas ao devaneio, presas de sofrimentos difíceis de explicar, enriquecendo charlatães e empresários do obscurantismo. Inundaram as livrarias:

O despertar dos anjos; *Caminhar com os anjos; Enquete sobre a existência de anjos da guarda*; *Os anjos da luz e a vida profissional; Os anjos da guarda no seu cotidiano*; *Comunicação com seu anjo da guarda: quando e como reencontrá-lo* etc.[15] A Rede Globo marcou presença com uma novela passada no Céu, trama angelical em que todos eram brancos ou louros, motivando protesto do movimento negro.

Como deveria proceder o professor universitário de literatura diante de tais circunstâncias, objetivamente independentes de sua vontade e gosto?

Há uma questão ética, para começar. Com as baionetas, disse Napoleão, se pode fazer tudo menos sentar em cima. Com o conhecimento, é possível: se pode saber e nada fazer. Só esse niilismo explica que os programas e ementas acadêmicos desconheçam a literatura de *entretenimento* e continuem a trabalhar como se o nosso aluno estivesse no patamar de amante da "boa literatura"; só ele explica as "análises de poemas" formalísticas – equivalentes eruditos dos questionários que as editoras infanto-juvenis encartam nos paradidáticos – tornando o prazer da leitura em obrigação. No caso do poema, tudo o que o professor deveria fazer era dar ao aluno as técnicas de análise, supervisionando cautelosamente o seu uso. Nada mais contrário à fruição do poema do que a sua "análise", cabível apenas quando o estudante de letras foi conquistado para o mundo da poesia. Só o niilismo explica que se despreze a literatura infanto-juvenil nos cursos acadêmicos, quando é ela um setor vigoroso da literatura de entretenimento no Brasil, desde Lobato até, digamos, Ana Maria Machado. Enfim, só o niilismo explica a denegação dos best-sellers, essa exacerbação da literatura de massa. O niilismo pedagógico não passa, por sua vez, de uma versão do abandono do povo brasileiro pelas suas elites.

Tive na faculdade um colega que datava seus poemas: "Primavera de 62", "Outono de 61", e assim por diante. Ríamos dele, mas hoje compreendo que era parte do seu esforço para ser reconhecido como poeta. Ele recorria a um arsenal de formas lite-

---

[15] Michel Serres foi, talvez, quem mais estudou esse fenômeno.

rárias – explícitas, como a que nos fazia rir, ou recalcadas – que chamei, acima, de pedantismo. No italiano antigo, pedante era o soldado de infantaria que combatia a pé, também chamado peão. Por extensão, designava o mestre-escola, que, acompanhando crianças a pé – espécie de peão permanente –, lembrava aquele. Tinha uma conotação pejorativa, nada mais tolo (um soldado a pé) e ao mesmo tempo pretensioso (exercendo o ofício de ensinar). O mestre-escola não passava de um acompanhante de meninos (um peão), mas assumia ares de pedagogo, se valorizando com regrinhas e vocabulário difícil.[16] Ora, no pedantismo como forma literária estão presentes as duas coisas: a pretensão e a pedagogia da pretensão. Meu colega poeta era um poeta-peão que forçava o ingresso no grêmio dos poetas-pedagogos aplicando uma das suas regrinhas: "Inverno de 64"...

O pedantismo não é, pois, afetação inocente. *Sua função principal é promover e garantir a filiação dos literatos à ideia tradicional de literatura, apresentando a sua história – e o seu ensino – como sucessão de escolas literárias no âmbito daquela ideia tradicional.* Pedantismo é a fetichização do estilo[17] que começa (digamos) com a "*Ensynança de Bem Cavalgar Toda Sela*" de El-Rei D. Duarte (1391-1438) e vem filiando, desde então, *grandes escritores*, chefes de escola, mestres de bem escrever, clássicos da língua e literatos em geral. Ser "escritor" é se emendar (e se *ementar)* nessa fieira, integrar a estante clássica, vestir a camisa de El-Rei D. Duarte: "*Ca som alguus boos caualgadores dhuũs sellas queo nom son doutras...*"

---

[16] Ver MACHADO, José Pedro. *Dicionário etimológico da língua portuguesa,* 2ª ed., Lisboa: Editorial Confluência, 1967, v. III; e NASCENTES, Antenor. *Dicionário etimológico da língua portuguesa.* Rio de Janeiro: Francisco Alves, 1932. Devo essas informações ao meu então colega na Faculdade de Letras, da UFRJ, Wellington de A. Santos.

[17] "São [os literatos] em geral de uma lastimável limitação de ideias, cheios de fórmulas, de receitas, só capazes de colher fatos detalhados e impotentes para generalizar, curvados aos fortes e às ideias vencedoras, e antigas, adstritos a um infantil fetichismo do estilo e guiados por conceitos obsoletos e um pueril e errôneo critério de beleza." BARRETO, Lima. *Recordações do escrivão Isaías Caminha*, São Paulo, Brasiliense, Obra Completa, 1956, p. 120.

Sua face visível, fácil de criticar, são as "regrinhas" e "vocabulário difícil" que, no entanto, a crítica deve isolar da linguagem da época – por exemplo, para descobrir o pedantismo de um Teixeira e Souza (1812-1861), seria preciso descontar, nos seus romances,[18] o que *não é literário*, mas propriamente *filológico*. Feito o desconto, se vê que Teixeira e Souza não passou de um literato, não foi um escritor. O pedantismo funcionou para ele como para meu colega dos invernos e primaveras, o emendou na fieira de autores a que chamamos literatura brasileira.

Complexo de Gondim

PAULO HONÓRIO (o narrador de *São Bernardo*), quando quis contar sua vida, procurou peritos literários: "Antes de iniciar este livro, imaginei construí-lo pela divisão do trabalho." Padre Silvestre ficaria com a parte moral e as citações latinas; João Nogueira aceitou a pontuação, a ortografia e a sintaxe; para a composição literária, convidou Lúcio Gomes de Azevedo Gondim, redator e diretor de uma revista. João Nogueira queria o romance em língua de Camões, com períodos formados de trás para diante, foi logo dispensado. Com o literato Gondim tudo correu bem, até que vieram as primeiras laudas: "Vá para o inferno, Gondim. Você acanalhou o troço. Está pernóstico, está safado, está idiota. Há lá ninguém que fale dessa forma!" O perito respondeu que um artista *não pode* escrever como fala:

> *Foi assim que sempre se fez. A literatura é a literatura, seu Paulo. A gente discute, briga, trata de negócios naturalmente, mas*

[18] *O filho do pescador* (1843), *As tardes de um pintor ou As intrigas de um jesuíta* (1847), *Gonzaga ou A conjuração do Tiradentes* (1848), *Maria ou A menina roubada* (1852-53), *A providência* (1854) e *A fatalidade de dois jovens* (1856).

arranjar palavras com tinta é outra coisa. Se eu fosse escrever como falo, ninguém me lia.[19]

Tal e qual meu ex-colega dos invernos e primaveras, o pedantismo de Gondim o filiava à literatura brasileira, não podia abrir mão dele.

Quem igualmente criticou o hábito de escrever difícil – a melhor manifestação, em nossa literatura, da visão de mundo senhorial-escravista, não uma opção estética ou idiossincrasia – foi o autor de *Numa e a ninfa*. Recusando deliberadamente as fórmulas pedantes e, por vezes, a gramática, Lima acabou perseguido pela fama equivocada de "mau escritor". Lembram de Lobo, o gramático de *O Globo*, caricaturado no *Isaías*? Acabou no hospício, mudo, tapando os ouvidos com as mãos. Um interno, ouvindo-o recitar o Dom Duarte, perguntou: Que língua é esta? Lobo atirou o livro no chão e encheu de murros o coitado. Nesse romance de estreia, no *Policarpo Quaresma* e em diversas crônicas, Lima articularia o pedantismo (como eu o chamo) ao que chamava bovarismo e à mania de doutor: "Ah! Doutor! Doutor!... Era mágico o título, tinha poderes e alcances múltiplos, vários, polifórmicos..."[20] Armando, o médico marido de Olga (afilhada de Policarpo Quaresma), queria entrar para a literatura. Inventou um truque. Escrevia de modo comum, com as palavras e o jeito de hoje, em seguida invertia as orações, picava o período com vírgulas e substituía incomodar por molestar, ao redor por derredor, isto por esto, quão grande ou tão grande por quamanho, sarapintava tudo de ao invés, em pós, e assim obtinha o seu estilo clássico. Gostava muito da expressão "às rebatinhas". Usava-a a todo momento e, quando a punha no branco do papel, imaginava que dera ao seu estilo uma força e um brilho pascalianos, às suas ideias uma suficiência transcendente.

---

[19] RAMOS, Graciliano. *São Bernardo*, São Paulo, Martins, 11ª ed., 1969, p. 63.

[20] BARRETO, Lima. *Recordações do escrivão Isaías Caminha*, São Paulo, Brasiliense, 1956, p. 54.

Que função ideológica – para não dizer social – desempenha esse pedantismo pueril? Ele é a forma antiga, garantidora da continuidade do passado: ao filiar o escritor aos escritores anteriores, o desfilia da sociedade atual. É a institucionalização do pedantismo, pois o que é a "escola" senão a continuidade da instituição escola, dispensando a história real, que se manifesta por meio de transformações no "conteúdo de ideias" e não de simples inovações formais? O compromisso do escritor com a história – essa a base de todo realismo em arte – é que pode derrocar a instituição escola e, com ela, o pedantismo. Só pode ser porta-voz de situações presentes quem supera o pedantismo. Quem se põe como intelectual "de modo antigo", seja por admiração pueril pelos intelectuais do passado, seja por dificuldade em se desligar dele, é uma caricatura de intelectual – como aquele meu colega, aspirante a poeta.[21]

A sucessão das escolas é, desse jeito, o movimento aparente da literatura. Monteiro Lobato – como romancista, um *midcult* – demonstrou perceber isso em *Urupês*, ao desqualificar o "caboclismo" do começo do século como permanência do indianismo. Não via mudança histórica entre um e outro:

> *O cocar de penas de arara passou a chapéu de palha rebatido à testa; a ocara virou rancho de sapé; o tacape afilou, criou gatilho, deitou ouvido e é hoje espingarda troxada; o boré descaiu lamentavelmente para pio de inambú; a tanga ascendeu a camisa aberta ao peito.*
>
> *Mas o substrato psíquico não mudou: orgulho indomável, independência, fidalguia, coragem, virilidade heroica, todo o recheio em suma, sem faltar uma azeitona, dos Peris e Ubirajaras.*[22]

---

[21] O leitor terá notado que me baseei em Antonio Gramsci (1891-1937) sobre a função do pedantismo em filosofia. Ver *Cadernos do cárcere,* Rio de Janeiro, Civilização Brasileira, 1999, volume I, p. 221 e segs., e p. 288 e segs.

[22] LOBATO, Monteiro. *Urupês,* São Paulo, Brasiliense, 1962, p. 278.

Síndrome de Tchen

O PEDANTISMO APARECE, inicialmente, como forma, estilo e linguagem. Isso significaria que o contrário do pedantismo é o vanguardismo? É possível que vanguardismos radicais, como o concretismo, a música dodecafônica, o *nouveau-roman*, superem a alienação que constitui o fundo de toda arte e literatura: eles suspendem o jogo esperado-inesperado que acalenta o espírito e torna intenso e, ao mesmo tempo, suportável o gozo estético, equalizando todas as expressões artísticas, Mozart e Martinho da Vila, Thomas Mann e Morris West, Picasso e o grafiteiro do bairro, e assim por diante. O vanguardismo, contudo, é uma hipótese autocontrariada, um filisteísmo necessário que, impotente, acaba por revitalizar, com o tempo, o que pretendia matar. O compromisso da vanguarda é com o mesmo *lugar* da tradição. Pedantismo e vanguardismo são polos do mesmo campo de força, não antagônicos, como parece.

O pedantismo é, porém, algo além de forma, estilo e linguagem. Seu significado é dominação ideológica. Ele apresenta como literatura o que nada mais é que unificação da sociedade por meio da língua artística. Machado de Assis nunca foi professor e gramático, mas sua prosa instituiu, há cem anos, o paradigma de ensino nacional da língua. Ninguém escreve como Machado, mas ele é a referência, *está lá*, como o farol de Virgínia Woolf. O que se chama literatura, nas academias, faculdades e cursos de português é uma política da língua. O ensino da literatura em si mesmo é uma política.

Os escritores que superaram o pedantismo, desde o começo do século, formaram uma *comunidade de destino* com os excluídos da literatura. Comunidade de destino: sofrer de maneira irreversível, sem possibilidade de retorno à antiga condição, o destino dos sujeitos observados.[23] Lima Barreto chamou de *compaixão* esse movimento do espírito em direção aos seus sujeitos. A compaixão, que se manifesta pela forma não pedante, é, assim, a negação do pe-

---

[23] A definição é de Jacques Loew, citada por Eclea Bosi, *Cultura de massa e cultura popular*, Petrópolis, Vozes, 1986, p. 14.

dantismo. Eles travam uma luta ideológica e textual, por vezes na obra de um mesmo autor, como se vê no próprio Lima Barreto, *compassivo* nos romances e contos, pedante nos diários e na memorialística.

Este pequeno texto nos levou longe – e ao menos por isso perdoo a Paulo Coelho o estrago do meu curso em Lyon. Para desentranhar o significado de sua literatura, é preciso lê-lo, por pior que a princípio nos pareça. Isso, porém, não basta: o significado de um texto está necessariamente fora do texto. Um automóvel é feito de borracha, vidro e metal, mas o seu significado não é borracha, vidro e metal, mas meio de transporte.

O que pode parecer ao leitor uma digressão – fomos a Giddens, Machado, a Graciliano, a Lima Barreto, a Lobato etc. – foi necessário à crítica da crítica ao autor de *Veronika decide morrer*. Penso ter exposto a crise do ensino universitário de literatura e o pedantismo enquanto hábito e forma literária. Como advertia Brecht, não devemos partir das coisas boas e antigas, mas das ruins e atuais. Se o aluno que temos não ultrapassou o nível do *midcult*, este deveria ser o nosso ponto de partida.

As perguntas que me desafiam, desde aquela manhã em Lyon, podem, desse jeito, ser sumariamente respondidas. O *medíocre* Paulo Coelho deve seu sucesso à sua perfeita contemporaneidade: é um *perito de rosto confiável* do esoterismo triunfante na era da internet. Esoterismo e internet são expressões do mesmo "conteúdo de ideias". Ele é o Dumas, pai, do *shopping center global*, uma das melhores metáforas de globalização – assim como são boas *aldeia global*, *sistema-mundo*, *Disneylândia global*, *terceira onda*, *sociedade informática* e tantas outras, umas mais reveladoras, outras mais enganadoras. Muitos escritores concorreram a esse posto eminente, mas o nosso conterrâneo venceu, ainda que escrevendo na língua "em que Vênus bela, quando imagina, com pouca corrupção crê que é a latina".[24] Primeiro, por ser um "gênio do marketing"; segundo, por possuir inequívoco talento narrativo.

[24] Essa bazófia é de Camões.

Por que os professores de literatura o achamos tão *medíocre*? Para começar, porque não o lemos. O resultado é a *síndrome de Tchen* (o terrorista de *A condição humana*, de Malraux): atirar no que viu e acertar no que não viu. Paulo Coelho é de fato medíocre escritor, mas não do ponto de vista do pedantismo – o conjunto de formas e artifícios que assegura a continuidade da superestrutura anterior no quadro histórico presente. Para superar a maldição de Comte (os mortos constrangerão para todo o sempre o cérebro dos vivos), penso haver um caminho: a libertação pelos *mais vivos*, que são os leitores reais. Eles se apresentam à nossa frente sob a forma de alunos-leitores concretos, consumidores da indústria cultural. São eles o "novo e ruim" de que falava o autor de *O senhor Puntila e seu criado Matti*.

A vida do mago

Em julho de 2008 apareceu a biografia de Coelho por Fernando de Morais.[25] *Confirmou, por exemplo, o meu juízo de Paulo Coelho como narrador de certo talento, revelado, desde menino, em quarenta anos de diários (muitos em fita cassete). Paulo quis ser escritor muito cedo e seus textos juvenis não eram previsíveis, causavam aqui e ali estranhamento, talvez o primeiro fator de literariedade. Só não dei, como Morais, a devida importância ao movimento hippie e a Carlos Castañeda na formação de Coelho – mas essa falha não inutiliza o conjunto da análise que fiz neste ensaio, mais do fenômeno Paulo Coelho do que de seu texto.*

[25] MORAIS, Fernando. *O mago*, São Paulo, Planeta, 2008.

VI

NETUNO DE SEVILHA

Pra mim, moderno é aquilo de que eu gosto.

Alcântara Machado

Quem assistir ao espetáculo de ondas quebrando numa praia cheia de gente verá diversas formas de contraondas. Os vanguardistas, não podendo esperar, caminham em sua direção. Dos que esperam, alguns mergulham por baixo – furam onda. Outros, no geral senhoras gordas, garotos sem prática, as recebem contra o peito; virados de ponta-cabeça apanhados pelos pés, comem areia – levam caixote. Os iniciados entram nas ondas, vêm com elas, confundidos na espuma – pegam jacaré. A certa distância, os surfistas cavalgam. Ondas e contraondas são o mesmo que dialética da colonização.[1]

O Globo

O CRONISTA FLOC VOLTOU à redação pouco depois da meia-noite. Vinha do teatro Lírico. Adelermo, repórter de plantão, perguntou como fora.

– Maravilhoso! Nunca vi um conjunto tão harmonioso... Que vozes!

Adelermo perguntou pela valsa.

---

[1] BOSI, Alfredo. *Dialética da colonização*, São Paulo, Companhia das Letras, 1992.

– Um delírio... Nunca vi tanto entusiasmo... A sala toda vibrava...

– E as galerias? Vaias, hein?

– Não. Portaram-se bem... Felizmente estamos deixando esse hábito botocudo.

Floc sentou para escrever a coluna. Acendeu um charuto, com medo de começar. Vira tanta carne moça e boa, as mais belas e caras mulheres da cidade, que queria lançar o artigo como um voo para as distantes regiões da arte e da beleza, transmitindo as emoções da música lânguida de Itália, cheia de sol, de história, de amor. As duas primeiras tiras foram rapidamente escritas. No começo da terceira, empacou. Mandou o contínuo buscar cachaça, discutiu com o paginador que viera apressá-lo. Escreveu mais algumas palavras, riscou-as imediatamente, tomou outro gole, sua fisionomia começou a adquirir uma expressão de desespero indescritível. A pena emperrara. Fumava, mordia o bigode. Com vinte minutos, o paginador voltou. "Espere um pouco", pediu. Ficou um instante com a cabeça entre as mãos, parado; se levantou firmemente, entrou numa sala próxima. Ouviram o estampido e o ruído de um corpo que cai.

Mulato do interior, afilhado de padre, Isaías viera para o Rio atrás de vida melhor. Traz uma carta de recomendação para um deputado (que nunca conseguirá apresentar), se considera bonito e inteligente. Na pensão em que se hospeda há um roubo, Isaías é naturalmente suspeito: decai de si mesmo, perde a ilusão de igualdade racial. É contínuo de *O Globo*, na verdade o *Correio da Manhã*, quando Floc se mata. Tendo que avisar ao dono do jornal, o doutor Loberant, vai encontrá-lo num ritual sadomasoquista, cavalgado por putas. O dono do jornal lhe compra o silêncio com promoções sucessivas, até lhe arranjar o emprego de escrivão da Coletoria Federal de Caxambi (Espírito Santo) – de onde Isaías conta suas peripécias.[2]

---

[2] Lima Barreto, *Recordações do escrivão Isaías Caminha*, Obras Completas, vol. I, São Paulo, Brasiliense, 1956.

Ao pensar em jornal, nos vem à cabeça um dispositivo diário de informação para grande público, independente de partidos (embora não de interesses políticos), com sessões de política, economia, polícia, variedades, esportes, horóscopo, páginas de anúncios e classificados etc. *Informação* e *público*, porém, são recentes, existem há menos de duzentos anos. Muito distante daquilo que os romanos chamavam jornal (*Acta diurna*, mera participação das decisões do governo aos moradores da cidade), jornais hoje são empresas especializadas em notícia, mercadoria altamente perecível: quanto mais veloz seu tempo de produção, transporte e consumo, ou menos endividado o produtor ao capital financeiro, mais lucrativo será.[3]

As recordações do coletor Isaías contam o custoso nascimento da nossa redação profissional. Morrem ou se matam, num lance de opereta, beletristas como Floc. Ficam para trás os escroques pasquineiros do fim do Império, jornais começam a se parecer o que são hoje: informativos, objetivos, disfarçadamente ideológicos, veículos da opinião pública.

Parece óbvio que a literatura contribui para a riqueza e afinação da língua, se alterando, e sendo alterada, nesse aspecto, por outros meios, a começar pelo jornalismo. Não é tão óbvio, porém, que ela ensine a desconfiar do real, a ironizá-lo. "A vida não é só isso que se vê, é um pouco mais" (Paulinho da Viola). A serventia da literatura é exibir esta mais-realidade. Quem trabalha só com o fato não precisa dela, e mesmo no campo da literatura já houve quem se contentasse com isso, os naturalistas. Ocorre que nas atuais condições do mercado (2009), o jornal impresso só sobreviverá se oferecer aquele pouco mais. Que não é pouco: é a carta na manga, chave invisível capaz de decifrar o que se vê.

Por exemplo, um repórter é mandado à Mangueira, morro do Rio, cobrir a morte de uma criança por bala perdida. Seu trabalho

---

[3] Os modelos para os países que construíram civilizações modernas, ainda no século XIX, foram o *Times* (1814), primeiro a utilizar máquina a vapor na impressão, e o *Sun*, ambos de Londres, apartidários, 30 mil exemplares todo dia, tamanho grande, diferente de livro, pagos por anúncios, compradores avulsos e assinantes.

é reportar o que viu, *aquele* fato. Fato real, semelhante a milhares de outros: balas perdidas matando crianças. Se quiser, porém, ultrapassar o fato, terá de falar do narcotráfico (o contrabando de armas, a lavagem de dinheiro, a compra de políticos etc.), da geografia (a topografia, a toponímia, a ocupação do solo, o contexto viário etc.) e da história da escola de samba Mangueira, que remonta a meio século. A Mangueira, em princípio, é um ponto geodésico, localizável pelo Google Earth (por exemplo): nunca sairá dali. Lugar é outra coisa: a fusão do local com sua economia, sua história, sua cultura, sua identidade comunitária. O local só é real para o repórter, se errar a direção do metrô jamais chegará em Mangueira. Para o jornalista, acima do repórter, o real é o lugar. Para sobreviver – uma vez que a tecnologia audiovisual, daqui por diante, fará reportagens cada vez mais rápidas e completas –, o jornalismo em papel tem a possibilidade de se especializar na cobertura dos lugares.

Para que serve o jornalismo? Para informar. Conforme a informação se tornou mercadoria, o jornal escrito se instituiu como poder. Nasce com a modernidade e talvez morra com ela. Para que serve a literatura? Para nada, por isso é indispensável ao homem, existe antes dos tempos modernos e fora da civilização ocidental. Há homens sem jornal, mas não se conhecem homens sem literatura, sem alguma forma de expressar por meio do jogo de palavras o incerto, o duvidoso, o possível. Na literatura (mais fácil de ver na ficção que na poesia) se encontram o fato real e o fato imaginário, o que se revela e o que simplesmente se insinua, o acontecimento certo e o apenas indicado, o desejo que se realiza e o que é possibilidade, o fato que se encaixa no outro fato, porque é sua causa (ou consequência) e o que não se encaixa, apenas se põe ao lado. Especializada nesse jogo, serve para puxar o tapete ao real. E, sem valor de troca, dificilmente se transformará em mercadoria, apesar de sitiada pela literatura de entretenimento, de autoajuda, e outras.

Duas coisas talvez ainda possam salvar o jornal impresso. Se aceitarmos que a comunidade é uma instância "espiritual" – a *vida não é só isso que se vê* – produzida por formas materiais, há aproximadamente dois séculos o jornal diário vem sendo o produtor principal de comunidade. Quem são os outros? A geografia que, na síntese de Ives Lacoste, serve para fazer a guerra, a história e a mídia. Antes de haver jornal (diário, de massa, empresarial), porém, a literatura respondeu sozinha pela criação da comunidade nacional, tanto que o major Quaresma foi ler os cronistas coloniais (Gabriel Soares, Gandavo, Rocha Pita e outros) quando decidiu se tornar afetiva e efetivamente brasileiro. Quando nasce o jornal como o entendemos hoje (o *Correio da Manhã* é de 1901), a confusão entre o jornalístico e o literário estressou (diríamos hoje) sujeitos como o Floc.

Os dois estilos se separaram nos últimos quarenta anos, beletrismo para um lado, estilo jornalístico para o outro, mas por muito tempo se exigiu do jornalista "escrever bem", levar vida boêmia e traficar influência. "Tenho um amigo jornalista" rivalizou sempre com o "sabe com quem está falando?". A promiscuidade criou, no Rio do Estado Novo, tipos como aquele Campos das Águas de *Eurídice*, de Zé Lins do Rego, tão ou quase patético como o Vitorino Papa-Rabo, de *Fogo morto*.[4]

Os autores de *Isaías* e de *Eurídice*, como bem antes, Manoel Antônio de Almeida, foram mais do que cronistas, suas personagens e situações revelam alguma coisa que as ciências sociais (a sociologia, a história, a antropologia, a crítica literária) não alcançam. Conseguiram isso, em parte, pela aproximação da sua escrita com a fala comum; em parte, por escaparem, os dois, ao complexo de Netuno.

Na segunda parte de *D. Quixote*, o barbeiro conta a história de um louco que vai ter alta (*"Era graduado em Cânones por Osuna, pero aunque lo fuera por Salamanca, según opinión de muchos, no dejara de ser loco"*). O capelão conversou com ele mais de uma hora, ouviu queixas dos parentes ingratos etc., se convenceu de que estava curado, mandou lhe devolver as roupas confiscadas ao

---

[4] REGO, José Lins, *Eurídice*. Rio de Janeiro, José Olympio, 1947. Campos odeia os integralistas: "Então os galinhas estão assanhados? Na minha repartição dei conta de uma dessas bestas."

dar entrada, sob desconfiança do diretor. Ao se despedir dos ex-colegas, foi interpelado por um que estivera ali, também, por muitos anos: *"Vos bueno? Tú libre, tú sano, tu cuerdo y yo loco, y yo enfermo, y yo atado?"* Amaldiçoou-o: que Júpiter castigasse Sevilha pelos séculos dos séculos pelo engano de libertar um louco. Ele era Júpiter e mandaria uma seca de três anos para a tresloucada Sevilha. O que ia sair tranquilizou as autoridades: *"Yo que soy Netuno, el padre y el diós de las águas, lloveré todas las veces que se me antojare y fuera menester."* [5]

Friúme por dentro

CERTA NOITE, na rua Lopes Chaves 546, Barra Funda, São Paulo, um poeta sentiria, antes de dormir, um friúme por dentro. Pensou no "seu irmão" que penava, àquela hora, num seringal, comido de carapanãs.

Quando um homem, qualquer homem, entra na selva, tudo se cala. Macacas, lá do alto, esticam os braços para exibir os filhos, pedindo clemência aos caçadores. Cobras correm atrás de cavalos, chicoteando-os com a cauda, até o animal se empinar, o cavaleiro cair.

Essas proezas estão em *A selva*, de Ferreira de Castro (1898-1974),[6] um *galego* que, perdendo o pai, emigrou para Belém com 12 anos e trabalhou quatro em seringal. Alberto, seu alterego, fora estudante monarquista, exilado com a proclamação da república portuguesa (1910). Um reacionariozinho que, ao presenciar homens fodendo éguas, casando com meninas de nove anos, *sorria*

---

[5] CERVANTES. *El ingenioso hidalgo Don Quijote de la Mancha*, Madri, Ediciones Ibéricas, 5ª ed., 1965, pp. 474-476. Esse episódio foi também lembrado por Gramsci a respeito do pedantismo dos intelectuais, *Cadernos do cárcere*, vol. 2, Rio de Janeiro, Civilização Brasileira, 2000.

[6] CASTRO, Ferreira de. *A selva*, Lisboa, Guimarães, 1934.

depreciativo, ao pensar nos defensores da igualdade humana, que ele combatera [como monarquista]. Queria vê-los ali, ao seu lado, para lhes perguntar se era com aquela humanidade primária que pretendiam restaurar o mundo.

Alberto tinha medo de tudo, de morrer flechado por parintintins emboscados nas raízes imensas das sapopembas, da violência silenciosa do mato, uma metade da selva vivendo da outra. Quando começa a se sentir *cearense*, é promovido a guarda-livros do seringal, distribuidor de cachaça, farinha e jabá aos ex-colegas. O patrão, Juca Tristão, tem como lazer atirar em jacarés que passam no Madeira, se lhes acerta o lombo nem sentem, continuam ou mergulham sem pressa; se lhes acerta a cabeça, se erguem em trágico espadanar, a cauda dando golpes desesperados, as patas, subitamente descobertas. Os seringais se limitam pelo rio, para o interior não têm fim. Qualquer afluente do grande rio (o Purus, o Juruá, o Solimões), com seus 18 patamares, engoliria os europeus.

Do Ceará, via Belém e Manaus, costumam chegar "contratados" à floresta, de uma só vez, setenta homens. Abrem trilhas com enxada e facão, diariamente marcam e sangram as árvores, vão e voltam a ferver o látex, sujeitos a febre e ataques de nativos. Meses depois ainda devem ao empresário que lhes pagou a viagem, adiantou comida, armas, cachaça e fumo. Isolados em cabanas na selva, não há como fugir. Os barcos-gaiolas que os levavam aos altos rios, junto com mercadorias e gêneros, regressarão em semanas ou meses com borracha. Erguidos em claros da floresta, as sedes dos seringais se balizavam pela fumaça do defumador – recipiente para fazer fumaça de caroços de urucuri, impregnando o látex, tornando-o mais resistente.

Desde pelo menos o século XVII, andarilhos contavam de uma resina pegajosa para impermeabilizar velas e vasilhas. Aí por 1842, o americano Charles Goodyear e o inglês Thomas Hancoock descobriram que com uma liga de enxofre (vulcanização), o látex se podia usar na fabricação de mangueiras, galochas etc. Quando Dunlop (John Boyd) reinventar o pneu (na passagem do século XIX para o XX) só no Brasil se encontrará a *Hevea*. Ingleses mistos de comerciantes, piratas e beneméritos levam milhares de sementes para Londres e Calcutá, desenvolvem-nas em estufa, plantam mudas em Singapura, Bornéo, Java e Sumatra. De 15$000 o quilo (1910), a borracha brasileira baixou para 8$000, no ano seguinte. O governo Hermes da Fonseca (1910-14) tentou executar um Plano de Defesa da Borracha – plantio racional de seringais, inovação dos métodos de corte e fabrico, diminuição do custo da mão de obra, redução do imposto de exportação, trazida de trabalhadores chineses etc. Em vão. Em 1930, as plantações do Oriente entravam com 800.000 toneladas do mercado mundial, o Brasil só com 14.000.

A história da modernidade é monótona: sempre essa briga de capital *versus* trabalho. Na rua Lopes Chaves 546, Barra Funda, São Paulo, ficou um resto:

> [...] *Não vê que me lembrei que lá no norte, meu Deus! Muito longe de mim*
> *Na escuridão ativa da noite que caiu*
> *Um homem pálido magro de cabelo escorrendo nos olhos,*
> *Depois de fazer uma pele com a borracha do dia,*
> *Faz pouco se deito, está dormindo.*
> *[.....]*[7]

Chapéu de caubói

"A TENDÊNCIA DESTE VERÃO são as cores modernas, fortes, sem meios-tons." Que quer dizer moderno nesta frase? Um truque de marketing para captar consumidores. E nesta: "Em 1922, São Paulo era uma cidade mais moderna que o Rio de Janeiro?" O significado aqui é menos simples: se quer dizer que, pelos contatos comerciais do café e da indústria com a Europa, São Paulo, na ocasião, *sabia mais*

[7] Mário de Andrade, "Descobrimento", *Poesia completa*, São Paulo, Martins, 1966, p. 150.

do mundo que o Rio – Sérgio Buarque, Antônio Cândido, Caio Prado e Mário de Andrade, por exemplo, tiveram "experiências germânicas", na infância e juventude, difíceis de imaginar se fossem cariocas. "Com as grandes navegações, Portugal entrou na era moderna antes da Europa." O que é moderno aqui? A práxis de uma mão lava a outra: rei & burguesia mercantil.[8]

Qualquer dos sentidos acima só nos diz, parcialmente, o que é moderno. Modernizar, na atualidade, é, também e principalmente, tornar globalizável: moderno é o que pode ser exportado com lucro. Um escritor do Terceiro Mundo, ontem ou hoje, só se tornará célebre, portanto, se pelo conjunto das suas características for globalizável, seu texto vender na Europa, Estados Unidos, Índia, Japão, Coreia, Taiwan, Argentina etc. Pode ser exótico, como no fim do primeiro século Caldas Barbosa, ou exótico e ideologizado, como Jorge Amado, há cinquenta anos, mas não necessariamente. O surpreendente no caso Paulo Coelho é que, sem ser uma coisa nem outra, tenha caído "no gosto do mercado". De fato, não há surpresa, seu mérito é sua alta *globalicidade.*

Na face interna da modernização brasileira, conectada sempre à externa, há o caso da passagem da música caipira a sertaneja (ou caipira de massa). Gravada pela primeira vez em 1929 por Cornélio Pires, que pegou música folclórica, cantada por duplas, no interior de São Paulo e limitou o seu tempo de gravação, a caipira já era híbrida de rural e urbana, Jararaca e Ratinho, Tonico e Tinoco, chegando ao apogeu com Alvarenga e Ranchinho,[9] que começam no Cassino da Urca (por volta de 1936). Mantinham a forma da antiga caipira, a de Cornélio Pires, mas sob o Estado Novo os temas se distanciaram, satirizando as personagens centrais da política internacional (Hiroíto, Mussolini e outros).[10]

---

[8] A fórmula, nesse caso, esconde um desígnio ibérico, por oposição a anglo-saxão, da moderna civilização ocidental, como propôs Richard Morse, *O espelho de Próspero*, São Paulo, Companhia das Letras, 1988.

[9] Houve vários Ranchinhos, o mais conhecido foi Diésio dos Anjos (1913-91). Alvarenga (1912-78).

[10] Alzirinha, filha e secretária de Getúlio, livrou-os da censura mais de uma vez.

No final dos anos 1940, o gênero incorporou o estilo rasqueado paraguaio; nos 1960 a guitarra do rock e o teclado, se tornando cada vez mais pop. Quanto mais pop, mais juvenilizado. Com Chitãozinho e Xororó se passará da caipira ao sertanejo. A urbanização acelerada da cidade, o palco de classe média, completará a transição: o Jeca agora usa chapéu de caubói, vai a rodeio, dirige picape. Da música caipira mantém as duas vozes, o ritmo, a hegemonia do tema romântico, desaparecendo, na passagem, a sátira política de Alvarenga e Ranchinho.[11]

A bengala do pai

O NETO DO VISCONDE DE TREMEMBÉ, impressionado com a bengala do pai, trocou de nome ao entrar na puberdade. Se chamava José Renato, mas como a bengala tinha as iniciais JB incrustadas em ouro – símbolo da aristocracia rural –, o menino raciocinou que, ao herdá-la, seria mais fácil mudar de nome que desprezar a bengala. Passou a se chamar José Bento.

Esse episódio, vulgarmente freudiano, ocorreu na fazenda Santa Maria, em Ribeirão das Almas, perto de Taubaté (SP, Vale do Paraíba). Fazenda comum: pés de café cobriam a paisagem; se comia içá (tanajura) torrada, pinhão e pamonha; diversão pública, o circo. A peculiaridade é que o visconde tinha biblioteca. No mundo da antiga aristocracia (a do açúcar), o mais parecido com isso eram bíblias esbeiçadas, livros de oração, vidas de santos – "livros de padre". Casas-grandes sequer tinham estantes.

José Bento é Monteiro Lobato, exemplo de unidade entre o homem e a obra mas, também, de modernização por contraonda. Dentre as celebridades brasileiras, nenhuma encarnou melhor a

[11] SOUZA, Walter de. *Moda inviolada – história da música caipira*, São Paulo, Quiron, 2006.

passagem de um tempo histórico a outro que o neto do visconde de Tremembé. Foi fazendeiro à moda antiga, mas se esforçou para sê-lo da nova; foi intelectual pedante, que vivia do aplauso da sua corporação, mas criou o público literário no Brasil; foi homem de ideias e de ação política, de gestos amistosos e de muitas "marradas" (Marisa Lajolo), conheceu a fama e a prisão política.

Em 1911, José Bento herda a fazenda do visconde que, somada à do pai, fica imensa. Tem arroubos empresariais: modernizará a agricultura, importará cabras, galinhas e porcos, melhorará pelo cruzamento científico os bichos da terra, contratará especialistas, abrirá novas lavouras, replantará café... Nada deu certo. Em 1914, manda carta longa para a seção de Queixas e Reclamações de *O Estado de S. Paulo*.

> [...] *Este funesto parasita da terra é o CABOCLO, espécie de homem baldio, seminômade, inadaptável à civilização, mas que vive à beira dela na penumbra das zonas fronteiriças. À medida que o progresso vem chegando com a via férrea, o italiano, o arado, a valorização da propriedade, vai ele refugindo em silêncio, com o seu cachorro, o seu pilão, a picapau* [espingarda de carregar pela boca] *e o isqueiro, de modo a sempre se conservar fronteiriço, mudo e sorna. Encoscorado numa rotina de pedra, recua para não adaptar-se.*[12]

O jornal tanto gosta que publica como artigo ("Velha Praga"), lhe encomenda outros. Perto do Natal, sai "Urupês":

> *Pobre Jeca Tatu! Como és bonito no romance e feio na realidade!*
>
> [...] *De noite, na choça de palha, acocora-se em frente ao fogo para "aquentá-lo", imitado da mulher e da prole.*
>
> *Para comer, negociar uma barganha, ingerir um café, tostar um cabo e foice, fazê-lo noutra posição será desastre infalível. Há de ser de cócoras.*

[12] LOBATO, Monteiro. *Urupês*, São Paulo, Brasiliense, 1962, pp. 271 e 276.

> [...] *Às vezes se dá ao luxo de um banquinho de três pernas – para os hóspedes. Três pernas permitem equilíbrio; inútil, portanto, meter a quarta, o que ainda o obrigaria a nivelar o chão. Para que assentos, se a natureza os dotou de sólidos, rachados calcanhares sobre os quais se sentam?*

Para condenar o Jeca, elogia o negro:

> *A modinha, como as demais manifestações de arte popular existentes no país, é obra do mulato* [não do Jeca Tatu], *em cujas veias o sangue recente do europeu, rico de atavismos estéticos, borbulha d'envolta com o sangue selvagem, alegre e são do negro.*[13]

Lobato vende a fazenda, repudiando o cenário e a gente. O sucesso de *Urupês* em livro (pela *Revista do Brasil*, que comprara) é tanto que, com os direitos autorais, funda a Monteiro Lobato & Cia,[14] primeira brasileira a competir no mercado interno com as estrangeiras. Rui Barbosa, em campanha à presidência, volta e meia citava *Urupês*.

A ideia que Lobato moço fazia de Brasil foi subvertida pela modernidade norte-americana. Em 1926, cônsul em Washington, já não era um fazendeiro desconhecido e reclamão. Ao regressar, exonerado pela revolução, aumentou seu deslumbramento, às vezes ingênuo, com a América.

A Maravilha Negra

CERTA MANHÃ DE FEVEREIRO DE 1937 desembarcou na praça Mauá, Rio, o técnico húngaro de futebol Dori Kruschner,[15] precedido do

[13] Op. cit., p. 277 em diante. Nessa mesma época, aliás, Lobato organiza uma pesquisa para o jornal sobre o saci-pererê.

[14] Depois Companhia Gráfico-Editora Monteiro Lobato.

[15] Ou Krischner. Ou ainda Krueshener, como grafa Zizinho em *Mestre Ziza, verdades e mentiras no futebol*, Rio de Janeiro, Imprensa Oficial do Estado, 2001.

prestígio que sempre cercou, no Brasil, os técnicos de qualquer coisa. (Pela mesma época, um geólogo norte-americano, dr. Oppenheim, levantara polêmica ao garantir, categoricamente, que não tínhamos petróleo.) Dia seguinte, Kruschner comandou no campo da Gávea seu primeiro apronto – treino, como dizemos hoje.

Nossos times ainda se arrumavam em campo como no tempo de Charles Miller (1874-1953), o introdutor do futebol no Brasil (1894):[16] *goleiro – dois zagueiros – três médios – cinco atacantes.* O húngaro vinha trazer outra arrumação, considerada superior, o WM: *goleiro – três zagueiros – dois médios – dois meias – três atacantes.* Trazia, além disso, o *individual*, ginástica puxada, sem bola e a *medicine-ball.* O "Feiticeiro de Viena" (embora ele fosse de Budapeste) modernizaria o nosso futebol. Naquele primeiro treino, escalou um negrão alto e magro (1,86 m, 75 quilos) para jogar de zagueiro, entre os outros dois. Função principal: marcar o centroavante adversário. O jogador torceu o nariz, mas nada disse. Quinze minutos de treino, tinha se mandado dezenas de vezes ao ataque, como sempre fizeram os centromédios brasileiros (chamados, sintomaticamente, de "eixos da equipe"). O húngaro parava o treino, o sujeito se mandava de novo. O cartola José Padilha se aborreceu: enquanto presidisse o Flamengo aquele moleque não vestiria mais a camisa rubro-negra. O jogador levou a questão à Primeira Vara Cível. Perdeu. Meses a fio, compareceu ao escritório do cartola. Não era recebido. Os amigos pediram por ele: afinal se tratava de uma das melhores bolas do país. "Só se pedir penico. E publicamente." Um dia os jornais apareceram com uma estranha carta, "rogando ao muito digno técnico de futebol do Flamengo a grande gentileza de desfazer, perante o sr. Padilha, o mal-entendido..." etc. etc.[17]

---

[16] Oficialmente, a primeira partida foi em 1895, na Várzea do Carmo, SP: São Paulo Railway, 4 x 2, Companhia de Gás.

[17] Op.cit., p. 22. Para Zizinho, a escalação de Fausto como terceiro zagueiro, na espera, foi proteção de Krushner: sabia que o jogador, doente, não podia mais fazer o vaivém. Apesar disso, Zizinho foi crítico abalizado da importação de sistemas de jogo. E supunha que a invenção do escocês Herbert Chapmam (o WM) ocorrera quando estava bêbado e, no papel à sua frente, pusera o W onde devia pôr o M.

Quando saiu a convocação para a seleção de 1938, Fausto estava tuberculoso. Em 1939, jogando pelos aspirantes do Flamengo (não aguentava uma partida inteira), teve uma hemoptise. "Você tem de se internar", diziam os amigos, "Ainda não, quero mostrar que sou mais eu", "O futebol evoluiu", insistiam, "a nova lei do impedimento acabou com o centromédio." Em março daquele ano, a Maravilha Negra morreu num sanatório do interior de Minas (Santos Dumont), aos 34 anos.

A família migrara de Codó, Maranhão, para o subúrbio de Bangu, Rio, ainda semirrural. Em 1926, jogava nos amadores do time da fábrica Bangu, de tecidos, já impressionando pelas qualidades que desenvolveu depois: controle de bola, visão de jogo, elegância e garra incomum com que disputava uma partida, do começo ao fim; diziam que ia na bola como num prato de comida. Em 1929, estava no Vasco da Gama, da colônia portuguesa, que também aceitava crioulos.[18] A barragem do negro no futebol foi universal no Brasil. Na Bahia, por exemplo, nos *fields* do Campo da Pólvora só jogavam ingleses, um ou outro brasileiro da *jeunesse dorée*, pretos como o craque baiano do Combinado Henrique Dias, só de negros, o ex-capoeirista Popó, só permitidos nos campos improvisados do hipódromo, no rio Vermelho.

Um dos primeiros craques brasileiros exportados foi, por assim dizer, o herói da transição para o profissionalismo. Ganhou pouco dinheiro, apesar dos muitos contratos, e sem *espírito de poupança*, o gastou em gafieiras, *rendez-vous* (antigo eufemismo de bordel), cachaça e violão. Teve fama de rebelde, dos que respondem na hora, mas nunca de ingênuo. Se retratou com Krushner, mas não deixou de jogar como aprendera e se sentia à vontade – como "eixo". Das conversas com a mãe e os amigos (Jaguaré da Saúde, Tinoco, Russinho), das muitas entrevistas que dava, quase sempre de cara

---

[18] Ali ganhara, na Copa de 1930, o apelido de Maravilha Negra. Em 1931, Fausto jogou no Barcelona e no Young Fellows, da Suíça; em 1935, no Nacional, de Montevidéu; em 1937, no Flamengo – onde se chocou com Krushner.

amarrada, se deduz que todo o seu esforço era para viver do futebol, numa fase carregada de preconceito contra o jogador *profissional*, especialmente o pobre negro. De amador queria passar a profissional – e nunca lhe pagaram o correspondente ao que valia no mercado; da várzea a estrela internacional – e todos os seus contratos no exterior foram rescindidos dramaticamente; de "carregador de piano", no Bangu, a ídolo do Vasco e Flamengo – e a cartolagem, certa feita, para impedi-lo de jogar, acionou até mesmo o Departamento de Censura Federal.

Esse episódio inaugural já faz aparecerem as três instâncias do futebol no Brasil: arte popular, jogo e negócio. A opinião sobre qualquer lance de uma partida, um torneio, a Copa do Mundo etc., só terá valor analítico se se declara, previamente, de que nível estamos falando. Da fase amadora (até 1930) ao videofutebol de 2008, as transformações sistêmicas do futebol – envolvendo primeiro a Europa, a América do Sul e o resto do mundo – fizeram mover o futebol brasileiro. Fausto praticamente não foi amador, mas proletário de certo luxo e, enfim, mercadoria descartável. Sua arte teve de se submeter às regras do jogo e este ao mercado do jogo.

O eu de Venceslau

ATRÁS DE VINGANÇA CONTRA O gigante regatão Venceslau Pietro Pietra, Macunaíma foi levado à macumba de Tia Ciata, centro do Rio. Em meio a criaturas inventadas, a ialorixá Ciata, "cantadeira ao violão", emigrada da Bahia para o Rio aí por 1920, "mãe do samba", foi de carne e osso – "uma negra velha, cabeleira branca esparramada feito luz em torno da cabeça pequena".

Quando Macunaíma entrou, garrafão obrigatório de pinga sob o braço, já estavam pedreiros, advogados, gatunos, deputados, mulheres traídas etc. Exu baixou numa senhora polaca, gorda e muito pintada. Depois que todos beijaram, adoraram e se benzeram, começou a hora dos pedidos e promessas. Um açougueiro pediu pra todos comprarem a carne doente que ele vendia e Exu consentiu. Um fazendeiro pediu pra não ter mais saúva nem maleita no sítio dele e Exu se riu falando que isso não consentia não. Um namorado pediu pra pequena dele conseguir o lugar de professora municipal, para casarem, e Exu consentiu. Um médico fez um discurso pedindo pra escrever com muita elegância a fala portuguesa e Exu não consentiu. O pedido de Macunaíma foi fazer sofrer Venceslau Pietro Pietra. Horroroso o que se passou. Exu pegou três pauzinhos de erva-cidreira benta (por padre apóstata), jogou pro alto, fez encruzilhada, mandando o eu de Venceslau vir para dentro dele, Exu, pra apanhar. Macunaíma pegou uma tranca e deu sem piedade. Obrigou-o a muitos outros sofrimentos: saiu pisando vidro entre espinheiros até o gelo dos Andes, levou um coice de cavalo selvagem, chifrada de touro etc. O eu de Venceslau aguentou o diabo dentro do corpo da senhora polaca. Na rua Maranhão, em São Paulo, o regatão sangrava todo, urrando, cheio de manchas e galos.

Exu é uma entidade complexa, de longa história. Antes de 1930, era cultuado em três situações básicas:

– no interior do candomblé, como mensageiro dos orixás, fazedor do bem e do mal, indiferentemente;

– isolado, trabalhando da mesma forma para o bem e o mal;

– exclusivamente para o mal, atendendo delinquentes e/ou casos perdidos (quimbanda).

Reprimidos pela lei e a polícia, os cultos afro-brasileiros se chamavam, genericamente, de macumba, feitiçaria, magia negra. Quase toda cidade tinha um ou mais macumbeiros famosos, temidos, metidos nos matos e morros, guerrilheiros de um culto desprezado e temido ao mesmo tempo, admirados por intelectuais excêntricos e políticos popularescos. Macumba designava também o conjunto de práticas sagradas (mais que um culto doméstico, menos que uma religião) trazidas da África, espécie de "religiões em conserva" (Roger Bastide).

A terceira acepção comum de macumba designa um conjunto de crenças e práticas que nos veio dos povos bantos (Angola, Moçambique, Zaire, África do Sul etc.), também chamado culto dos inquices. Um outro conjunto, mais famoso, é o culto dos orixás, de origem sudanesa (Nigéria, Gana, Benim etc.). Com a segregação urbana dos negros (libertos e ex-escravos), os dois conjuntos – que o senso comum, desinformado da sua história e complexidade, chama, até hoje, de macumba – foram comprimidos, os terreiros desapareceram, se reduziram ao mínimo e/ou se fragmentaram. Nasceram também, ou se difundiram – vê o leitor a complexidade da macumba – as encarnações arquetípicas Zé Pelintra, Pombagira, Preto Velho. Mais adiante, na fase histórica seguinte, nasceria o produto mais duradouro e complexo dessa compressão, a umbanda (nos idiomas umbundo e quimbundo, arte de curandeiro, ciência médica, medicina).[19]

A macumba de Ciata onde, lá por 1920, Macunaíma curtiu sua vingança, era indispensável e sagrada para os de dentro, temível e fascinante para os de fora. A moça polaca, que recebeu o eu de Pietro Petra para ser castigado era *de dentro*; Manuel Bandeira, Jaime Ovalle, Blaise Cendrars, Raul Bopp, os intelectuais que, depois da macumba, caíram na madrugada eram *de fora.*

Aqui é Deus

A HISTÓRIA DA SOCIEDADE BRASILEIRA se constituiu tanto de movimentos messiânicos – beatos, monges, santos e profetas formidáveis, a começar pelos caraíbas dos primeiros séculos arrebanhando índios e caboclos para peregrinação à Terra sem Males, onde espigas de milho ultrapassavam um homem alto, não se precisava plantar, as mulheres jamais envelheciam – quanto de movimentos propria-

[19] Embora a data oficial de fundação seja 15 de novembro de 1908. O médium Zélio Fernandino de Moraes (1891-1975) *incorporou*, durante uma mesa kardecista, a entidade Caboclo das Sete Encruzilhadas, que teria exigido o fim das discriminações contra quaisquer espíritos. (LOPES, Nei. *Enciclopédia brasileira da diáspora africana*, São Paulo, Selo Negro, 2004.)

mente políticos. Até que no século XX, a grande cidade pariu uma nova religião – não apenas um ritual, um culto, uma missão, uma cidade santa, mas já agora uma nova representação e organização do sagrado; não mais um fragmento, sobra, desvio das grandes religiões (catolicismo, protestantismo, islamismo, que chegou e partiu com os malês, judaísmo, budismo, pentecostalismo etc.), mas um novo local (território) e um novo lugar (simbólico).

Invisível no começo aos contemporâneos, sincrética como as grandes religiões – vide o cristianismo –, a umbanda juntou no mesmo saco as duas matrizes africanas (o culto dos orixás, jêje-nagô, iorubano, e o culto dos inquices, banto) e fragmentos do hinduísmo, do kardecismo, do catolicismo popular, da religião de caboclo, do islamismo etc. As duas matrizes, desde o seu começo brasileiro, se imbricaram – misturadas antes de se misturarem, por assim dizer. Por outras palavras, a umbanda foi um campo de força constituído pela macumba e o catolicismo popular, atraindo com sua força gravitacional enorme, além dos citados acima, uma infinidade de fragmentos místicos, como a mesa branca, as pajelanças, os mitos indígenas dispersos pelo interior do país, os cultos de calunga, calundus, xangôs, o cabula (Espírito Santo), o batuque (Rio Grande do Sul), a macumba carioca, os catimbós (Norte e Nordeste), a devoção ao Caboclo Pena Branca e aos Espíritos de Luz. Esses fragmentos se diferenciavam pela dose maior ou menor de catolicismo popular, legitimado como religião universal e catequista; ou, de outra forma, pelo afastamento maior ou menor da base africana.

Em 1920, para falar interurbano com Sorocaba (SP)[20] se levava algumas horas. Menos um preto velho que falava com Deus pelo número 507: "Alô, São Pedro, quem fala é João de Camargo: veja se o Chefe pode me atender agora..."[21] Sorocaba, que vira o pri-

---

[20] Do tupi *yby* (terra) e *soroc* (fenda, buraco, rasgão), a cidade estava ligada a São Paulo por trem desde 1875 (Sorocabana). Esta e outras informações estão em CAMPOS, Carlos de e FRIOLI, Adolfo. *João de Camargo de Sorocaba: o nascimento de uma religião*, São Paulo, SENAC, 1999.

[21] Idem, ibidem, p. 75, nota 3.

meiro automóvel em 1907, já tinha seus bairros operários, sua linha de bonde atravessando, pelo menos no centro, ruas calçadas, luz elétrica desde 1911. Tantas eram as chaminés que o aviador argentino Edward Hearne, perdendo um raide aéreo por etapas entre Buenos Aires e Rio, podia alegar que aterrissara enganado pensando sobrevoar São Paulo. Sempre fora um local de pouso para viajantes de longe, feira famosa da Colônia, invernada para tropas de burros que vinham dos pampas, mas agora sua atração era um curandeiro da Água Vermelha, chegado à grandiloquência, que recebia o caboclo Pena Branca. Tinha a sua geena, o Campo de Piques, antigo curral para animais trazidos à grande feira, morrinhento, com ruínas espalhadas de cadafalsos. Floc, o poeta de Lopes Chaves, Alvarenga e Ranchinho, Lobato, Fausto, Tia Ciata, João de Camargo... Ondas e contraondas, pequenas e grandes, dão ao Brasil o corpo e a alma que tem hoje.

Este livro foi impresso na Editora JPA Ltda.,
Av. Brasil, 10.600 – Rio de Janeiro – RJ,
para a Editora Rocco Ltda.